檸檬樹

U0050268

全圖解！
日語 字尾變化
最佳用法

福長浩二・檸檬樹日語教學團隊 —— 著

※本書為《專門替華人寫的圖解日語文法》全新封面版

出版前言

1 　進入廣闊的日語文法世界之前，
沒有弄懂最基本的「字尾變化」，
文法能力，無法進階！

本書方法

透過「情境＋圖解＋例文」，突破「日語文法的基本門檻」—— 字尾變化！
掌握「變化形＆音便竅門」，自學「進階文型文法」更容易上手！

- 全書介紹 ── 奠定日語文法基礎必學的 18 種基本「字尾」與「音便」。
- 讀後能夠掌握「基本變化形、音便原則、使用情境」，紮實打好文法基礎。
- 日後自學「更高階、多樣的文型文法」，對於「文型接續、文意理解」必定
  容易上手，能夠逐級提升日語實力！

文法能力

字尾變化

出版前言

—— 為什麼要出版這一本書？ ——

2 〔字尾變化〕＝〔音便〕＋〔變化形〕
掌握「各種詞類」的「音便原則」，
便能正確完成「字尾變化」！

本書方法

圖表說明「名詞、い形容詞、な形容詞、動詞（一、二、三類）」音便原則。

區分「不變化」「要變化」的部分，並說明「如何變化、如何接續」。

當接觸到同型態的生詞，只要依循原則，就能自己嘗試完成字尾變化：

掌握「音便原則」 → 單字「改變字尾」、接續「變化形」 → 完成「字尾變化」

- 各詞類字尾「去掉／保留／改變」，一看就懂！
- 例如 P086：第一類動詞（動詞原形字尾 う、つ、る）接續表示【過去】：た

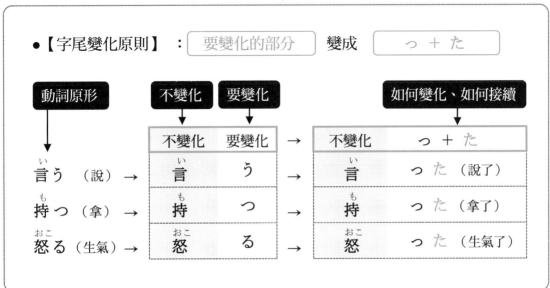

出版前言

—— 為什麼要出版這一本書？ ——

3 **學習「字尾變化」，就是學習「情境表達」！**
將單字「改變字尾」進行多元運用，
日語「表達＆理解」將明顯提升！

本書方法

描述「情境要素」，透過「情境例文」教你「正確使用字尾變化」磨練表達。

- 「字尾變化」有各自的「意義」及「功能」。
- 字尾變成「ます形」表示「禮儀」，變成「せる／させる形」表示「要求」，
  變成「て形」可以表示「前後關係、原因理由」。
- 閱讀本書例文，你將透過「字尾變化」提升「表達力」及「理解力」！

例如：蛋糕「好像很好吃」怎麼說？

おいし　 そうだ ——（看到蛋糕，覺得蛋糕「看起來」）　　　　好像很好吃
おいしい ようだ ——（看到很多人排隊買，「判斷」這間店的蛋糕）好像很好吃
おいしい らしい ——（聽某人說每周都吃，「猜測」那間店的蛋糕）好像很好吃

そうだ　　　　　　　　ようだ　　　　　　　らしい

出版前言

—— 為什麼要出版這一本書？ ——

> **4** 「情境例文」內容豐富，
> 使用 QR 碼音檔「聆聽、跟讀」
> 精進「標準發音、日語聽&說能力」！

本書方法

由專業日籍教師錄音全書「單字」及「例文」。

可以「一邊看書一邊聽」，或者放下書本「專心跟讀」。

對於「促進記憶、提升聽力、鞏固標準發音」均有莫大幫助。

● 例如 P086：第一類動詞（動詞原形字尾 う、つ、る）接續表示【過去】：た

MP3 錄音方式如下（以單字 ❶ 為例說明）：

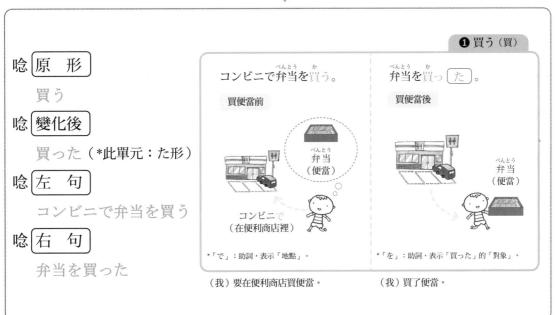

❶ 買う（買）

唸 原 形
買う

唸 變化後
買った（＊此單元：た形）

唸 左 句
コンビニで弁当を買う

唸 右 句
弁当を買った

コンビニで弁当を買う。
買便當前
弁当
（便當）
コンビニで
（在便利商店裡）
＊「で」：助詞，表示「地點」。
（我）要在便利商店買便當。

弁当を買った。
買便當後
弁当
（便當）
＊「を」：助詞，表示「買った」的「對象」。
（我）買了便當。

本書特色 1 ——【行、段、詞類】基本概念

學習「字尾變化」前，先了解「日語文法基礎知識」。

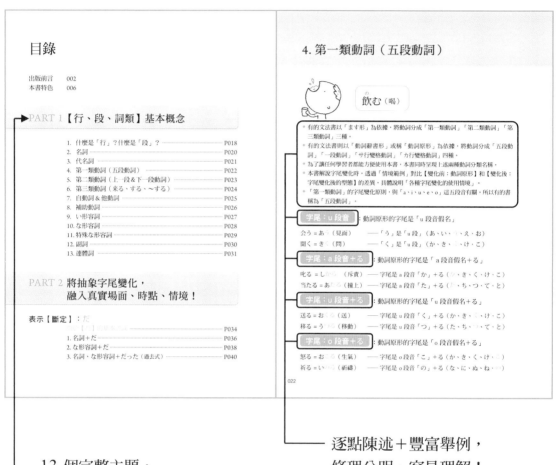

4. 第一類動詞（五段動詞）

飲む（喝）

* 有的文法書以「ます形」為依據，將動詞分成「第一類動詞」「第二類動詞」「第三類動詞」三種。
* 有的文法書則以「動詞辭書形」或稱「動詞原形」為依據，將動詞分成「五段動詞」「一段動詞」「サ行變格動詞」「カ行變格動詞」四種。
* 為了讓任何學習者都能方便使用本書，本書同時呈現上述兩種動詞分類名稱。
* 本書解說字尾變化時，透過「情境範例」對比【變化前：動詞原形】和【變化後：字尾變化後的型態】的差異，具體說明「各種字尾變化的使用情境」。
* 「第一類動詞」的字尾變化原則，與「a、i、u、e、o」這五段音有關，所以有的書稱為「五段動詞」。

字尾：u 段音：動詞原形的字尾是「u 段音假名」

会う＝あう（見面）　　　——「う」是「u 段」（あ、い、う、え、お）
聞く＝きく（問）　　　——「く」是「u 段」（か、き、く、け、こ）

字尾：a 段音＋る：動詞原形的字尾是「a 段音假名＋る」

叱る＝しかる（斥責）　　——字尾是 a 段音＋る（か、き、く、け、こ）
当たる＝あたる（撞上）　——字尾是 a 段音＋た（た、ち、つ、て、と）

字尾：u 段音＋る：動詞原形的字尾是「u 段音假名＋る」

送る＝おくる（送）　　　——字尾是 u 段音＋く（か、き、く、け、こ）
移る＝うつる（移動）　　——字尾是 u 段音＋つ（た、ち、つ、て、と）

字尾：o 段音＋る：動詞原形的字尾是「o 段音假名＋る」

怒る＝おこる（生氣）　　——字尾是 o 段音＋こ（か、き、く、け、こ）
祈る＝いのる（祈禱）　　——字尾是 o 段音＋の（な、に、ぬ、ね、の）

022

逐點陳述＋豐富舉例，
條理分明、容易理解！

13 個完整主題，
詳述【行、段、詞類】基本概念
有助學習「字尾變化」更容易上手！

1. 什麼是「行」？什麼是「段」？	8. 補助動詞
2. 名詞	9. い形容詞
3. 代名詞	10. な形容詞
4. 第一類動詞（五段動詞）	11. 特殊な形容詞
5. 第二類動詞（上一段＆下一段動詞）	12. 副詞
6. 第三類動詞（来る、する、〜する）	13. 連體詞
7. 自動詞 & 他動詞	

本書特色 2 —— 18 種基本【字尾變化】

奠定文法基礎必學的，18 種基本「字尾」與「音便」。

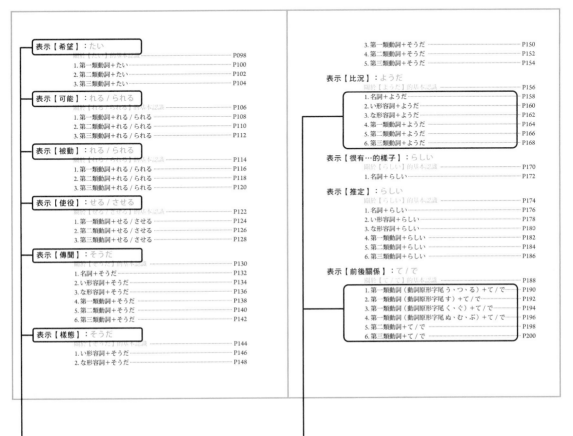

各具功能的
18 種【基本變化形】

詳述【各詞類】接續＆使用
例如，表示【比況】：ようだ

1. 名詞　　　＋ようだ
2. い形容詞　＋ようだ
3. な形容詞　＋ようだ
4. 第一類動詞＋ようだ
5. 第二類動詞＋ようだ
6. 第三類動詞＋ようだ

本書特色 3 —— 各種字尾的【基本認識】

> 說明「字尾變化」的「意義 · 適用對象＆場合 · 比較變化前＆後」。

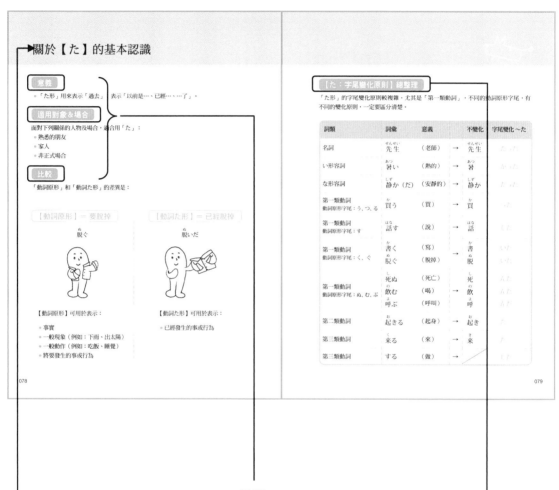

每一種字尾變化，
都安排【基本認識】，
先進行概念說明

● 意義
● 適用對象＆場合
● 比較【原形】＆【變化後】

彙整【複雜的變化原則、時態】等

本書特色 4 —— 各種字尾的【音便原則・使用範例】

1 單元 1 詞類 —— 情境例文 ＋ 圖解 ＋ 圖表說明字尾變化原則。

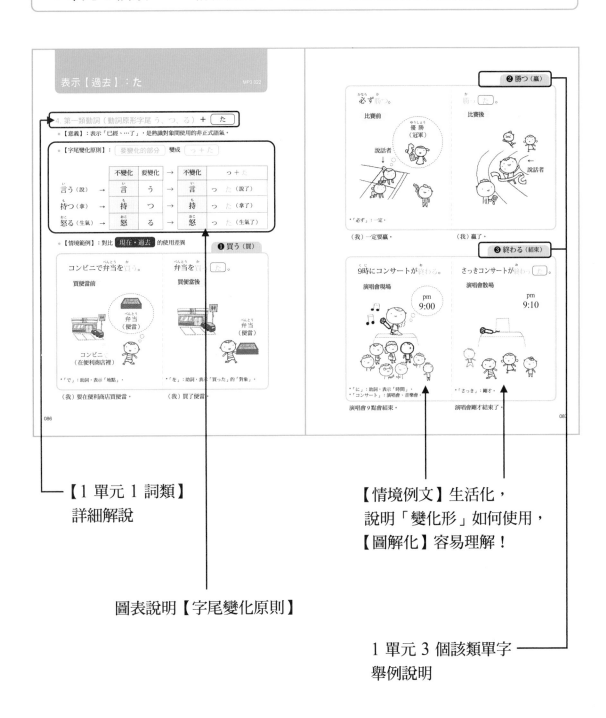

【1 單元 1 詞類】
詳細解說

圖表說明【字尾變化原則】

【情境例文】生活化，
說明「變化形」如何使用，
【圖解化】容易理解！

1 單元 3 個該類單字
舉例說明

目錄

PART 1 【行、段、詞類】基本概念

PART 2 將抽象字尾變化，融入真實場面、時點、情境！

表示【斷定】：だ

表示【斷定】：です

表示【禮儀】：ます

表示【否定】：ない

表示【過去】：た

表示【原因理由】：て / で

表示【同時】：ながら

表示【假定】：ば

附錄：【各詞類字尾變化原則】總整理

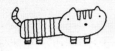

PART 1
【行、段、詞類】基本概念

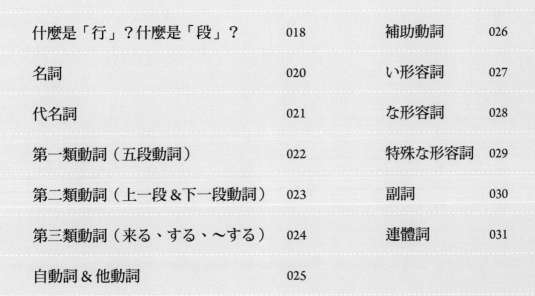

1. 什麼是「行」？什麼是「段」？

意義

- 日語的「行」和「段」影響字尾變化的原則。
- 表格「橫向」為「行」：除了「あ行」是「a、i、u、e、o」五個母音，其他各行是「相同子音」搭配「a、i、u、e、o」五個母音。稱為「～行」。
- 表格「直向」為「段」：各段「第一個假名」是「母音」，其他是「不同子音」搭配「相同母音」。因為搭配「a、i、u、e、o」五個母音，所以區分為「a 段音」「i 段音」「u 段音」「e 段音」「o 段音」。

清音的【行】&【段】

	a段音 （拼音 a 結尾）		i段音 （拼音 i 結尾）		u段音 （拼音 u 結尾）		e段音 （拼音 e 結尾）		o段音 （拼音 o 結尾）	
あ行	あ	a	い	i	う	u	え	e	お	o
か行	か	ka	き	ki	く	ku	け	ke	こ	ko
さ行	さ	sa	し	shi	す	su	せ	se	そ	so
た行	た	ta	ち	chi	つ	tsu	て	te	と	to
な行	な	na	に	ni	ぬ	nu	ね	ne	の	no
は行	は	ha	ひ	hi	ふ	fu	へ	he	ほ	ho
ま行	ま	ma	み	mi	む	mu	め	me	も	mo
や行	や	ya	い	i	ゆ	yu	え	e	よ	yo
ら行	ら	ra	り	ri	る	ru	れ	re	ろ	ro
わ行	わ	wa	い	i	う	u	え	e	を	wo
鼻音	ん	n								

【舉例說明】：「あ行」的「u 段音」→ う
　　　　　　　「た行」的「e 段音」→ て

濁音的【行】&【段】

● 假名的右上方有「　゛」的，稱為「濁音」。

	a段音 （拼音 a 結尾）		i段音 （拼音 i 結尾）		u段音 （拼音 u 結尾）		e段音 （拼音 e 結尾）		o段音 （拼音 o 結尾）	
が行	が	ga	ぎ	gi	ぐ	gu	げ	ge	ご	go
ざ行	ざ	za	じ	ji	ず	zu	ぜ	ze	ぞ	zo
だ行	だ	da	ぢ	ji	づ	zu	で	de	ど	do
ば行	ば	ba	び	bi	ぶ	bu	べ	be	ぼ	bo

【舉例說明】：「が行」的「i 段音」→ ぎ
　　　　　　　「だ行」的「o 段音」→ ど

半濁音的【行】&【段】

● 假名的右上方有「　°」的，稱為「半濁音」。

	a段音 （拼音 a 結尾）		i段音 （拼音 i 結尾）		u段音 （拼音 u 結尾）		e段音 （拼音 e 結尾）		o段音 （拼音 o 結尾）	
ぱ行	ぱ	pa	ぴ	pi	ぷ	pu	ぺ	pe	ぽ	po

【舉例說明】：「ぱ行」的「u 段音」→ ぷ
　　　　　　　「ぱ行」的「o 段音」→ ぽ

2. 名詞

くるま
車（汽車）

● 表示「人、事、物」的名稱，或表示「抽象概念」的詞彙。

普通名詞 ：泛指同一種事物的名詞

● 猫（ねこ；貓）／花（はな；花）／電話（でんわ；電話）

ねこ
猫はかわいい。（貓很可愛。）

はな　みず
花に水をあげる。（給花澆水。）

でんわ
電話をかける。（打電話。）

既有名詞 ：人名、地名、城市名、河川名等，限指某一事物的名詞

● 東京（とうきょう）／新宿（しんじゅく）／富士山（ふじさん）

とうきょう　す
東京に住んでいる。（住在東京。）

ふじさん　のぼ
富士山に登る。（攀登富士山。）

外來語 ：由英文、法文、德文或其他語言來的名詞

● テレビ（＝television；電視）／ケーキ（＝cake；蛋糕）

み
テレビを見る。（看電視。）

た
ケーキを食べる。（吃蛋糕。）

數量詞 ：表示「數量、順序」的名詞

● 一回（いっかい；一次）／一番（いちばん；第一名）

ねん　いっかい　そうじ
年に一回、掃除する。（每年打掃一次。）

と きょうそう　いちばん
徒競走で一番になる。（在賽跑中，要成為第一名。）

3. 代名詞

<ruby>私達<rt>わたしたち</rt></ruby>（我們）

● 名詞的一種，可以代替「名詞」的詞，稱為「代名詞」。

人稱代名詞

人稱	一般稱呼	敬稱	自謙	單數	複數
第一人稱	わたし（我）		わたくし（我）	わたし（我）	わたしたち（我們）
第二人稱	あなた（你）	あなたさま（你）		あなた（你）	あなたたち（你們）
第三人稱	このひと（這個人）	このかた（這位）		かれ（他）	かれら（他們）
	そのひと（那個人）	そのかた（那位）		かのじょ（她）	かのじょたち（她們）
	あのひと（那個人）	あのかた（那位）			
不定稱（不特定的人）	どのひと どなた（哪個人）	どのかた どなたさま（哪位）		だれ（哪個人）	

指示代名詞

與說話者的距離	指【事物】	指【地點】	指【方向】
近稱 東西靠近「說話者」	これ（這～）	ここ（這裡）	こちら、こっち（這邊）
中稱 東西靠近「聽話者」	それ（那～）	そこ（那裡）	そちら、そっち（那邊）
遠稱 東西離說話者、聽話者皆遠	あれ（那～）	あそこ（那裡）	あちら、あっち（那邊）
不定稱 不特定的事物、地點、方向	どれ（哪～）	どこ（哪裡）	どちら、どっち（哪邊）

4. 第一類動詞（五段動詞）

飲む（喝）

- 有的文法書以「ます形」為依據，將動詞分成「第一類動詞」「第二類動詞」「第三類動詞」三種。
- 有的文法書則以「動詞辭書形」或稱「動詞原形」為依據，將動詞分成「五段動詞」「一段動詞」「サ行變格動詞」「カ行變格動詞」四種。
- 為了讓任何學習者都能方便使用本書，本書同時呈現上述兩種動詞分類名稱。
- 本書解說字尾變化時，透過「情境範例」對比【變化前：動詞原形】和【變化後：字尾變化後的型態】的差異，具體說明「各種字尾變化的使用情境」。
- 「第一類動詞」的字尾變化原則，與「a、i、u、e、o」這五段音有關，所以有的書稱為「五段動詞」。

字尾：u 段音 ：動詞原形的字尾是「u 段音假名」

会う＝あう（見面）　　——「う」是「u 段」（あ、い、う、え、お）
聞く＝きく（問）　　　——「く」是「u 段」（か、き、く、け、こ）

字尾：a 段音＋る ：動詞原形的字尾是「a 段音假名＋る」

叱る＝しかる　（斥責）——字尾是 a 段音「か」＋る（か、き、く、け、こ）
当たる＝あたる（撞上）——字尾是 a 段音「た」＋る（た、ち、つ、て、と）

字尾：u 段音＋る ：動詞原形的字尾是「u 段音假名＋る」

送る＝おくる（送）　　——字尾是 u 段音「く」＋る（か、き、く、け、こ）
移る＝うつる（移動）　——字尾是 u 段音「つ」＋る（た、ち、つ、て、と）

字尾：o 段音＋る ：動詞原形的字尾是「o 段音假名＋る」

怒る＝おこる（生氣）　——字尾是 o 段音「こ」＋る（か、き、く、け、こ）
祈る＝いのる（祈禱）　——字尾是 o 段音「の」＋る（な、に、ぬ、ね、の）

5. 第二類動詞（上一段＆下一段動詞）

た
食べる（吃）

- 有些文法書將「第二類動詞」稱為「一段動詞」，部分文法書甚至會將一段動詞再分為「上一段動詞」及「下一段動詞」兩種。

結構：i 段音＋る　（上一段）：動詞原形的結構是「i 段音假名＋る」

着る＝きる　（穿）　　—— 結構是 i 段音「き」＋る（か、き、く、け、こ）
見る＝みる　（看見）　—— 結構是 i 段音「み」＋る（ま、み、む、め、も）

字尾：i 段音＋る　（上一段）：動詞原形的字尾是「i 段音假名＋る」

落ちる＝おちる（掉落）　—— 字尾是 i 段音「ち」＋る（た、ち、つ、て、と）
借りる＝かりる（借入）　—— 字尾是 i 段音「り」＋る（ら、り、る、れ、ろ）

結構：e 段音＋る　（下一段）：動詞原形的結構是「e 段音假名＋る」

寝る＝ねる　（睡）　　—— 結構是 e 段音「ね」＋る（な、に、ぬ、ね、の）
出る＝でる　（出去）　—— 結構是 e 段音「で」＋る（だ、ぢ、づ、で、ど）

字尾：e 段音＋る　（下一段）：動詞原形的字尾是「e 段音假名＋る」

忘れる＝わすれる（忘記）—— 字尾是 e 段音「れ」＋る（ら、り、る、れ、ろ）
食べる＝たべる　（吃）　—— 字尾是 e 段音「べ」＋る（ば、び、ぶ、べ、ぼ）

例外　：結構看似「第二類」，但其實是「第一類動詞」

【i 段】　要る＝いる（需要）　　切る＝きる（切、剪）　　知る＝しる（知道）
　　　　　散る＝ちる（落、凋謝）　入る＝はいる（進入）　走る＝はしる（跑）
　　　　　握る＝にぎる（握、抓）　限る＝かぎる（限定）
【e 段】　蹴る＝ける（踢）　　　照る＝てる（照耀）　　減る＝へる（減少）
　　　　　帰る＝かえる（回去）　滑る＝すべる（滑）　　喋る＝しゃべる（說）

6. 第三類動詞（来る、する、～する）

来る（來）<ruby>来<rt>く</rt></ruby>

<ruby>勉強<rt>べんきょう</rt></ruby>する（用功）

* 「第三類動詞」有「来る」（來），以及「する」（做）、「～する」的動詞。
* 「第三類動詞」的字尾變化屬於「不規則變化」，有些文法書將「第三類動詞」稱為「變格動詞」，並將「来る」稱為「カ行變格動詞」，「する」稱為「サ行變格動詞」。

来（く）る ：來

<ruby>夏<rt>なつ</rt></ruby>が<ruby>来<rt>く</rt></ruby>る。（夏天要來了。）
<ruby>飛行機<rt>ひこうき</rt></ruby>で<ruby>来<rt>く</rt></ruby>る。（要搭飛機來。）

する ：做

<ruby>旅行<rt>りょこう</rt></ruby>をする（旅行）　／　<ruby>残業<rt>ざんぎょう</rt></ruby>をする（加班）
デートをする（約會）　／　サインをする（簽名）

～する ：有兩種型態

（1）「動作性名詞」（有動作意思的名詞）＋する　（2）「外來語」＋する

（1）<ruby>留学<rt>りゅうがく</rt></ruby>する（留學）　／　<ruby>掃除<rt>そうじ</rt></ruby>する（打掃）
（2）メモする（做筆記）　／　チェックする（確認）

7. 自動詞 & 他動詞

自動詞
沸<ruby>沸<rt>わ</rt></ruby>く（煮沸）

他動詞
沸<ruby>沸<rt>わ</rt></ruby>かす（煮沸）

● 動詞依據該動作是否是「自行發生」，分成「自動詞」和「他動詞」兩種。

自動詞 vs. 他動詞

● 可以透過「が」和「を」來分辨「自動詞」和「他動詞」

	自動詞	他動詞
定義	● 行為、動作「是自行發生」 ● 不涉及其他人事物 ● 類似英文的「不及物動詞」	● 行為、動作「不是自行發生」 ● 發生時，一定與其他人事物有關 ● 類似英文的「及物動詞」
用法	● ～＋が＋自動詞	● ～＋を＋他動詞

自動詞・他動詞：相同　：「自動詞」和「他動詞」是同一個字

自動詞・他動詞【相同】	用法比較
●開<ruby>開<rt>ひら</rt></ruby>く： 是「自動詞」，也是「他動詞」	(自) ドアが開<ruby>開<rt>ひら</rt></ruby>く　　門（自行）打開 (他) ドアを開<ruby>開<rt>ひら</rt></ruby>く　　（某人或某物把）門打開
●吹<ruby>吹<rt>ふ</rt></ruby>く： 是「自動詞」，也是「他動詞」	(自) 風<ruby>風<rt>かぜ</rt></ruby>が吹<ruby>吹<rt>ふ</rt></ruby>く　　風（自行）吹 (他) 笛<ruby>笛<rt>ふえ</rt></ruby>を吹<ruby>吹<rt>ふ</rt></ruby>く　　（某人）吹笛子

自動詞・他動詞：不同　：「自動詞」和「他動詞」不是同一個字

自動詞・他動詞【不同】	用法比較
●折<ruby>折<rt>お</rt></ruby>れる：自動詞 ●折<ruby>折<rt>お</rt></ruby>る　：他動詞	(自) 枝<ruby>枝<rt>えだ</rt></ruby>が折<ruby>折<rt>お</rt></ruby>れる　　樹枝（自行）折斷 (他) 枝<ruby>枝<rt>えだ</rt></ruby>を折<ruby>折<rt>お</rt></ruby>る　　（某人把）樹枝折斷
●流<ruby>流<rt>なが</rt></ruby>れる：自動詞 ●流<ruby>流<rt>なが</rt></ruby>す　：他動詞	(自) 水<ruby>水<rt>みず</rt></ruby>が流<ruby>流<rt>なが</rt></ruby>れる　　水（自行）流走 (他) 水<ruby>水<rt>みず</rt></ruby>を流<ruby>流<rt>なが</rt></ruby>す　　（某人）放水流走

8. 補助動詞

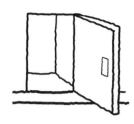

> 開_あけてある（一直開著）

- 「て形＋動詞」是補助動詞的用法。「て形後面的動詞」作為補助之用，已不具原有的意義。常用的補助動詞如下：

てある ：表示動作所造成的狀態持續著

ドアが開_あけてある。（門一直開著。）

ている ：（1）表示動作正在進行（2）表示結果仍持續存在

彼_{かれ}は本_{ほん}を読_よんでいる。（他正在看書。）
ガラスが割_われている。（玻璃是破掉的狀態。）

てしまう ：（1）表示動作的完成（2）表示後悔的情緒

全部_{ぜんぶ}食_たべてしまう。（全部吃完。）
遅刻_{ちこく}してしまう。（要遲到了。）

てみる ：表示嘗試某種動作，類似中文的「試試看」

電話_{でんわ}をかけてみる。（打電話試試看。）

てくる ：（1）表示動作逐漸靠近（2）表示動作的發生或開始

- 多用假名「てくる」表示。如果有「過來」的意思時，也可以用漢字「て来る」。

老_ふけてくる。（漸漸變老。）
雪_{ゆき}が降_ふってくる。（開始下起雪。）

ていく ：表示動作逐漸遠離的過程

彼_{かれ}はゆっくり出_でていった。（他慢慢走了出去。）「出ていく」的過去式：「出ていった」

9. い形容詞

暑い（熱的）
あつ

● 日語的形容詞可分為「い形容詞」「な形容詞」「特殊な形容詞」三種。
● 「い形容詞」是字尾以「い」結尾的形容詞，可以用來表示「事物的性質、狀態」
　和「人的情緒、感覺」。

表示「性質、狀態」的い形容詞

おいしい（好吃的）／　新しい（新的）／　大きい（大的）／　遠い（遠的）
　　　　　　　　　　　あたら　　　　　　　　　おお　　　　　　　　とお

明るい（明亮的）　／　広い（寬廣的）／　甘い（甜的）／　狭い（狹窄的）
あか　　　　　　　　　ひろ　　　　　　　　あま　　　　　　　せま

赤い（紅的）　　　／　細い（細的）　／　安い（便宜的）／　重い（重的）
あか　　　　　　　　　ほそ　　　　　　　やす　　　　　　　　おも

表示「情緒」的い形容詞

寂しい（寂寞的）　／　苦しい（痛苦的）／　面白い（有趣的）
さび　　　　　　　　　くる　　　　　　　　おもしろ

嬉しい（高興的）　／　悲しい（悲傷的）／　怖い（可怕的）
うれ　　　　　　　　　かな　　　　　　　　こわ

表示「感覺」的い形容詞

痛い（痛的）　　　／　凄い（厲害的）　／　寒い（寒冷的）
いた　　　　　　　　　すご　　　　　　　　さむ

涼しい（涼爽的）　／　暖かい（溫暖的）／　優しい（溫柔的）
すず　　　　　　　　　あたた　　　　　　　やさ

10. な形容詞

き けん
危険（だ）（危險的）

* 「な形容詞」是字尾以「だ」結尾的形容詞。意義和「い形容詞」類似，可以用來表示「事物的性質、狀態」和「人的情緒、感覺」。
* 通常，「な形容詞」字尾的「だ」是不寫出來的。

表示「性質、狀態」的な形容詞

しず
静か（だ）（安靜的）　／　べん り
便利（だ）（方便的）　／　にぎ
賑やか（だ）（熱鬧的）

ひま
暇（だ）（空閒的）　／　ゆた
豊か（だ）（豐富的）　／　げん き
元気（だ）（有精神的）

じょうず
上手（だ）（拿手的）　／　ゆうめい
有名（だ）（有名的）　／　たいせつ
大切（だ）（重要的）

へ た
下手（だ）（笨拙的）　／　ひつよう
必要（だ）（必要的）　／　きれい
綺麗（だ）（漂亮的）

表示「情緒」的な形容詞

す
好き（だ）（喜歡的）　／　きら
嫌い（だ）（討厭的）　／　しんぱい
心配（だ）（擔心的）

らく
楽（だ）（輕鬆的）

表示「感覺」的な形容詞

しんせつ
親切（だ）（親切的）　／　しつれい
失礼（だ）（失禮的）　／　じ ゆう
自由（だ）（自由的）

だいじょうぶ
大丈夫（だ）（沒問題的）

11. 特殊な形容詞

同じ（だ）（相同的）
おな

- 「な形容詞」要接續「名詞」或「代名詞」時，必須加上「な」再接續。
- 但某些「な形容詞」屬於例外，就是本單元要說明的「特殊な形容詞」。

「特殊な形容詞」如何接續「名詞、代名詞」？

	接續【名詞】		接續【代名詞】	
一般な形容詞	綺麗な服 きれい　ふく	（漂亮的衣服）	元気な私 げんき　わたし	（有精神的我）
特殊な形容詞	同じ服 おな　ふく	（相同的衣服）	こんな私 わたし	（這樣的我）

「特殊な形容詞」有哪些？

同じ（だ） おな	（相同的）	——	同じ物 おな　もの	（相同的東西）
こんな（だ）	（這樣的）	——	こんな時 とき	（這種時候）
そんな（だ）	（那樣的）	——	そんな話 はなし	（那種話）
あんな（だ）	（那樣的）	——	あんなこと	（那種事）
どんな（だ）	（哪樣的）	——	どんな人 ひと	（什麼樣的人）

- 「こんな」「そんな」「あんな」「どんな」也可視為「連體詞」（請參考 13. 連體詞）。

補充

- 上述的五個「特殊な形容詞」，連接助詞「ので」（因為～所以）和「のに」（明明～卻）時，「同じ」要加上「な」，其他的不需要。

	接續【助詞：ので】	接續【助詞：のに】
同じ（だ） おな	なので	なのに
こんな（だ）　そんな（だ） あんな（だ）　どんな（だ）	ので	のに

12. 副詞

もっと大きい（更大的）

- 用來修飾「動詞、い形容詞、な形容詞、副詞、名詞」的詞，稱為「副詞」。
- 「副詞」的功能在於使語意更加豐富。

狀態副詞 ：表示動作的「狀態」「方式」「時態」

すぐ（馬上）　／　ゆっくり（緩慢地）　／　また（又）　／　だんだん（漸漸）

暫く（暫時）　／　すべて（全部）　／　時々（有時）　／　はっきり（清楚）

ずっと（一直）　／　ただ（只有、只是）

- 例句說明：

すぐ（馬上）　　──すぐ行く。（馬上就去。）　　※「すぐ」修飾「行く」

ゆっくり（緩慢地）──ゆっくり歩く。（緩慢地走。）※「ゆっくり」修飾「歩く」

程度副詞 ：表示動作或狀態的「程度」

ちょっと（稍微）　／　もっと（更、再）　　　／　ちょうど（恰巧）

すこし（少許）　　／　わずか（僅、一點點）　／　最も（最）

- 例句說明：

ちょっと（稍微）　　　──ちょっと待ってください。（請稍等。）
※「ちょっと」修飾「待って」

もっと（更、再）　　　──もっと大きい。（更大的。）
※「もっと」修飾「大きい」

ちょうど（恰巧）　　　──ちょうどいいです。（剛剛好。）
※「ちょうど」修飾「いい」

13. 連體詞

この 人（這個人）

- 連接「名詞、代名詞」的詞，稱為「連體詞」。用來修飾所接的「名詞、代名詞」。

「こ、そ、あ、ど」型態的連體詞

この	（這個～）	*近	—— この人	（這個人）
その	（那個～）	*中	—— その本	（那本書）
あの	（那個～）	*遠	—— あの件	（那件事）
どの	（哪個～）		—— どの辺	（哪邊）
こんな	（這樣的～）	*近	—— こんなこと	（這樣的事）
そんな	（那樣的～）	*中	—— そんな時	（那樣的時候）
あんな	（那樣的～）	*遠	—— あんな結果	（那樣的結果）
どんな	（哪樣的～）		—— どんな仕事	（什麼樣的工作）

來自「形容詞」的連體詞

大きな	（大的～）	—— 大きな音	（大聲）
小さな	（小的～）	—— 小さな荷物	（小件的行李）

來自「動詞」的連體詞

- 不會產生字尾變化，是一種固定用法，具有固定的意思。

ある	（有～、某～）	—— ある日	（有一天）
いわゆる	（所謂的～）	—— いわゆる成功	（所謂的成功）
あらゆる	（所有的～）	—— あらゆる問題	（所有的問題）
いかなる	（什麼樣的～）	—— いかなる人物	（什麼樣的人物）

PART 2
将抽象字尾变化，
融入真实场面、时点、情境！

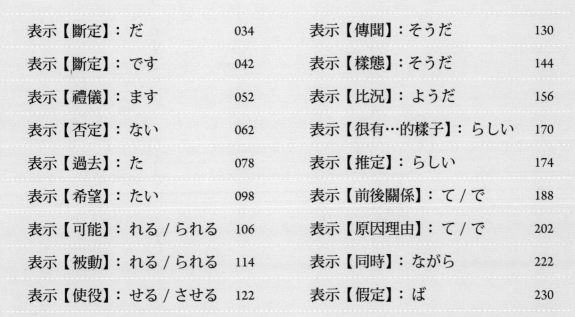

關於【だ】的基本認識

意義

- 日語裡有兩個表示「斷定」的字尾，分別是「だ」和「です」。兩者的意思都類似中文的「是」，但語氣不相同。
- 「だ」：語氣較不正式。「です」：語氣較正式而有禮貌。

適用對象&場合

面對下列關係的人物及場合，適合用「だ」：
- 熟悉的朋友
- 家人
- 非正式場合

比較

要注意的是，「い形容詞」接續「だ」和「です」的差異。
以「おいしい」（好吃的）為例說明：

【だ】＝非正式的斷定語氣	【です】＝正式的斷定語氣

- 對朋友 - 對家人 - 非正式場合	- 對陌生人 - 職場應對 - 正式場合
（○）おいしい （Ｘ）おいしいだ	（○）おいしいです
※「い形容詞」表示非正式的「斷定」語氣，直接使用「い形容詞原形」。	※「い形容詞」接續「です」，表示正式而有禮貌的「斷定」語氣。

	現在式	過去式
肯定形	～だ 例：名詞 休^{やす}みだ （是假日） 例：な形 上手^{じょうず}だ （是拿手的）	～だった 例：名詞 休^{やす}みだった （當時是假日） 例：な形 上手^{じょうず}だった （當時是拿手的）
否定形	～じゃない （＝～ではない） 例：名詞 休^{やす}みじゃない ＝休^{やす}みではない （不是假日） 例：な形 上手^{じょうず}じゃない ＝上手^{じょうず}ではない （不是拿手的）	～じゃなかった （＝～ではなかった） 例：名詞 休^{やす}みじゃなかった ＝休^{やす}みではなかった （當時不是假日） 例：な形 上手^{じょうず}じゃなかった ＝上手^{じょうず}ではなかった （當時不是拿手的）

1. 名詞 ＋ だ

- 【意義】：斷定的語氣，類似中文的「是…」。意思和「です」相同，但是語氣較不正式，適用於熟悉的朋友、家人、非正式場合。

- 【字尾變化原則】： 名詞 直接加上 だ

名詞	＋ だ
りょうしん 両親	だ（是父母親）
こいびと 恋人	だ（是戀人）
じょうし 上司	だ（是上司）

りょうしん
両 親（父母親） → りょうしん
両 親

こいびと
恋人 （戀人） → こいびと
恋人

じょうし
上 司（上司） → じょうし
上 司

- 【情境範例】： 非正式的斷定語氣   ❶ 教師（教師）

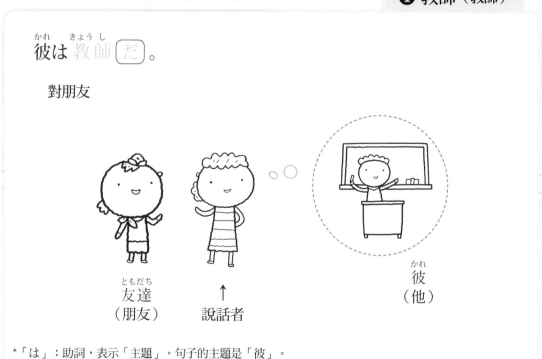

かれ きょうし
彼は 教師 だ 。

對朋友

ともだち
友 達
（朋友）

↑
說話者

かれ
彼
（他）

*「は」：助詞，表示「主題」。句子的主題是「彼」。

他是教師。

❷ 休み（假日；休息）

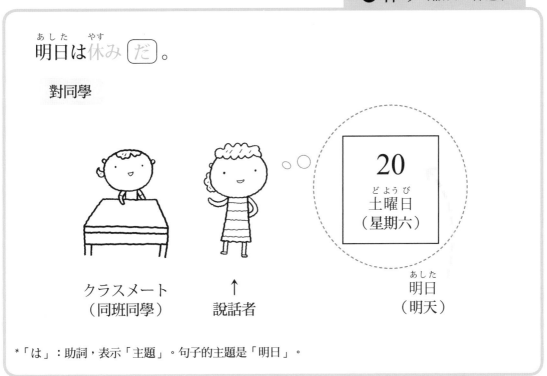

明日<small>あした</small>は休み<small>やす</small>　だ　。

對同學

クラスメート
（同班同學）　　↑
　　　　　　　説話者

明日<small>あした</small>
（明天）

20
土曜日<small>どようび</small>
（星期六）

*「は」：助詞，表示「主題」。句子的主題是「明日」。

明天是假日。

❸ 101 （101大樓）

ここは101<small>いちまるいち</small>　だ　。

對家人

説話者
↓
妹<small>いもうと</small>（妹妹）

ここ（這裡）

*「は」：助詞，表示「主題」。句子的主題是「ここ」。

這裡是101大樓。（*在101裡面或門口時適合說這句話）

2. な形容詞 ＋ だ

- 【意義】：斷定的語氣，類似中文的「是…」。意思和「です」相同，但是語氣較不正式，適用於熟悉的朋友、家人、非正式場合。

- 【字尾變化原則】： な形容詞 直接加上 だ

な形容詞	＋ だ
べん り 便利	だ（是方便的）
にぎ 賑やか	だ（是熱鬧的）
あんぜん 安全	だ（是安全的）

べん り
便利 （だ）（方便的） →

にぎ
賑やか（だ）（熱鬧的） →

あんぜん
安全 （だ）（安全的） →

- 【情境範例】： 非正式的斷定語氣

❶ 便利（だ）（方便的）

に ほん　こうつう　べん り
日本の交通は便利 だ 。

對朋友

ともだち
友達
（朋友）

↑
說話者

に ほん　こうつう
日本の交通
（日本的交通）

*「は」：助詞，表示「主題」。句子的主題是「日本の交通」。

日本的交通很方便。

❷ 賑やか（だ）（熱鬧的）

ここは賑_{にぎ}やか だ 。

對朋友

友達_{ともだち}
（朋友）

↑
說話者

ここ
（這裡）

*「は」：助詞，表示「主題」。句子的主題是「ここ」。

這裡很熱鬧。

❸ 上手（だ）（拿手的、擅長的）

あの人_{ひと}は歌_{うた}が 上手_{じょうず} だ 。

對家人

お婆_{ばあ}ちゃん
（奶奶）

↑
說話者

歌_{うた}
（歌）

あの人_{ひと}
（那個人）

*「は」：助詞，表示「主題」。句子的主題是「あの人」。
*「～が（助詞）上手」：擅長～

那個人擅長唱歌。

3. 名詞、な形容詞 ＋ だった （過去式）

- 【意義】：だ 的過去式。

- 【字尾變化原則】： 名詞、な形容詞 　直接加上 だった

名詞	＋ だった
看護師 （かんごし）	だった （以前是護理師）

看護師（かんごし）（護理師） →

な形容詞	＋ だった
賑やか （にぎ）	だった （以前是熱鬧的）
綺麗 （きれい）	だった （以前是漂亮的）

賑やか（にぎ）（だ）（熱鬧的） →

綺麗（きれい）（だ）（漂亮的） →

- 【情境範例】：對比 現在・過去 的使用差異　　　❶ 看護師（護理師）

妻（つま）は 看護師（かんごし）だ。　　　　　お婆（ばあ）ちゃんは 看護師（かんごし） だった 。

現在：だ　　　　　　　　　　　　　過去：だった

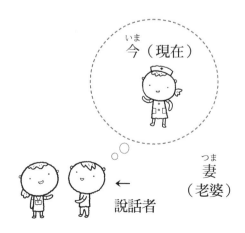

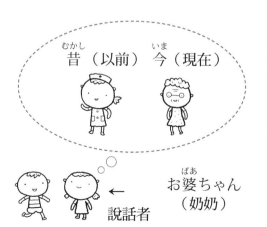

我太太是護理師。　　　　　　　　　　奶奶以前是護理師。

❷ スポーツの選手（運動選手）

夫^{おっと}はスポーツの選手^{せんしゅ}だ。

現在：だ

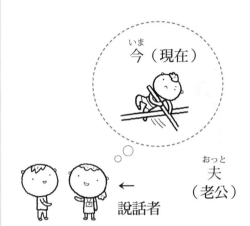

今^{いま}（現在）

夫^{おっと}（老公）

説話者

我先生是運動選手。

お爺ちゃん^{じい}はスポーツの選手^{せんしゅ} だった 。

過去：だった

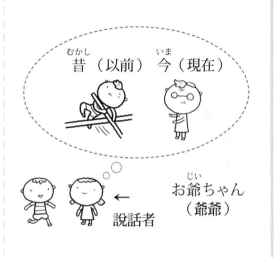

昔^{むかし}（以前）　今^{いま}（現在）

お爺ちゃん^{じい}（爺爺）

説話者

爺爺以前是運動選手。

❸ 綺麗（だ）（漂亮的）

彼女^{かのじょ}は綺麗^{きれい}だ。

現在：だ

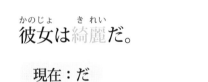

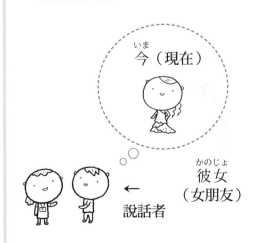

今^{いま}（現在）

彼女^{かのじょ}（女朋友）

説話者

（我）女朋友很漂亮。

お婆ちゃん^{ばあ}は綺麗^{きれい} だった 。

過去：だった

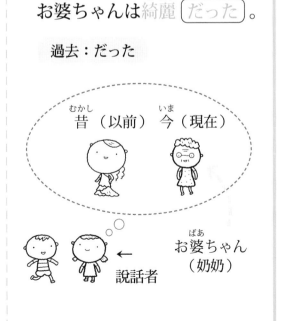

昔^{むかし}（以前）　今^{いま}（現在）

お婆ちゃん^{ばあ}（奶奶）

説話者

奶奶以前很漂亮。

關於【です】的基本認識

意義

- 日語裡有兩個表示「斷定」的字尾，分別是「です」和「だ」。兩者的意思都類似中文的「是」，但語氣不相同。
- 「です」：語氣較正式而有禮貌。「だ」：語氣較不正式。

適用對象＆場合

面對下列關係的人物及場合，適合用「です」：

- 陌生人
- 職場應對
- 正式場合

比較

「です」的過去式是「でした」，但只適用於「名詞」和「な形容詞」。「い形容詞」的過去式要改成其他形式。以「おいしい」（好吃的）為例說明：

		現在式	過去式
肯定形	非正式的斷定語氣	おいしい （是好吃的）	おいし<u>かった</u> （當時是好吃的）
	正式的斷定語氣	おいしい<u>です</u> （是好吃的）	おいしかったです （當時是好吃的）

- 「い形容詞過去式」的表現方式，請參考：表示【過去】：た（2）

	現在式	過去式
肯定形	〜です 例：名詞 休_{やす}みです （是假日） 例：な形 上_{じょうず}手です （是拿手的）	〜でした 例：名詞 休_{やす}みでした （當時是假日） 例：な形 上_{じょう ず}手でした （當時是拿手的）
否定形	〜じゃありません （＝〜ではありません） 例：名詞 休_{やす}みじゃありません ＝休_{やす}みではありません （不是假日） 例：な形 上_{じょうず}手じゃありません ＝上_{じょうず}手ではありません （不是拿手的）	〜じゃありませんでした （＝〜ではありませんでした） 例：名詞 休_{やす}みじゃありませんでした ＝休_{やす}みではありませんでした （當時不是假日） 例：な形 上_{じょうず}手じゃありませんでした ＝上_{じょうず}手ではありませんでした （當時不是拿手的）

1. 名詞 ＋ です

- 【意義】：斷定的語氣，類似中文的「是…」。意思和「だ」相同，但是語氣較有禮貌，適用於職場、陌生人、正式場合。

- 【字尾變化原則】： 名詞 直接加上 です

名詞	＋ です
がくせい 学生	です（是學生）
ほん 本	です（是書）
かいしゃ 会社	です（是公司）

がくせい
学生 （學生）　→
ほん
本 （書）　→
かいしゃ
会社 （公司）　→

- 【情境範例】：對比 **不同對象** 的使用差異

❶ 学生 （學生）

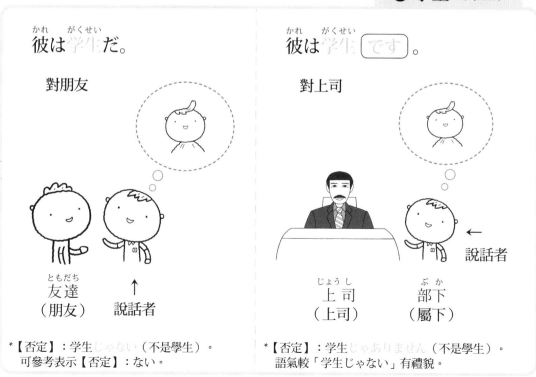

かれ　がくせい
彼は学生だ。

對朋友

ともだち
友達
（朋友）　　↑
說話者

かれ　がくせい
彼は学生 です 。

對上司

じょうし
上司
（上司）　　ぶか
部下
（屬下）

←
說話者

*【否定】：学生じゃない（不是學生）。
　可參考表示【否定】：ない。

*【否定】：学生じゃありません（不是學生）。
　語氣較「学生じゃない」有禮貌。

他是學生。　　　　　　　　　　　　他是學生。

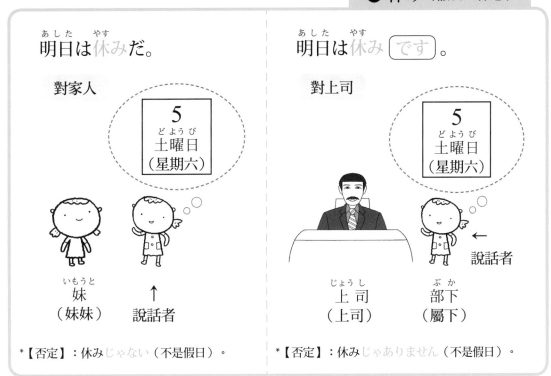

明日は休みだ。

對家人

5
土曜日
（星期六）

妹
（妹妹）

↑
說話者

*【否定】：休みじゃない（不是假日）。

明天是假日／明天休息。

明日は休みです。

對上司

5
土曜日
（星期六）

←說話者

上司
（上司）

部下
（屬下）

*【否定】：休みじゃありません（不是假日）。

明天是假日／明天休息。

これは私の本だ。

對同學

これ
（這～）

クラスメート
（同班同學）

↑
說話者

*「これ」：這～。指示代名詞，用於指「事物」，
不能用於指「人或地點」。
*【否定】：私の本じゃない（不是我的書）。

這是我的書。

これは私の本です。

對上司

これ
（這～）

←說話者

上司
（上司）

部下
（屬下）

*【否定】：私の本じゃありません（不是我的書）。

這是我的書。

2. い形容詞 ＋ です

- 【意義】：斷定的語氣，類似中文的「是…」。意思和「い形容詞原形」相同，但是語氣較有禮貌，適用於職場、陌生人、正式場合。

  〈說明〉：「い形容詞」的非正式語氣不是接續「だ」，是直接使用「い形容詞原形」。
  例如：（○）おいしい　（Ｘ）おいしいだ
  「い形容詞」可以接續「です」，表示有禮貌的語氣。

- 【字尾變化原則】：　い形容詞　直接加上　です

	い形容詞	＋ です
高い（高的）　→	高い	です（是高的）
若い（年輕的）　→	若い	です（是年輕的）
寂しい（寂寞的）　→	寂しい	です（是寂寞的）

- 【情境範例】：對比　不同對象　的使用差異

❶ 暑い（熱的）

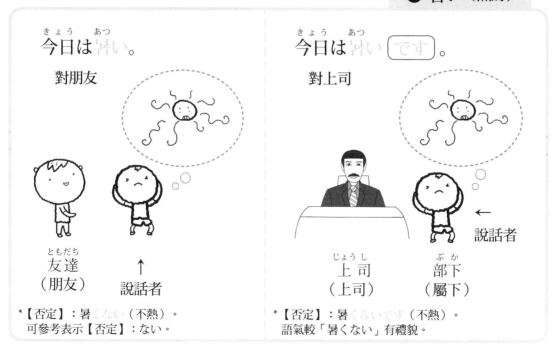

今日は暑い。
對朋友

友達（朋友）　↑　説話者

*【否定】：暑くない（不熱）。
可參考表示【否定】：ない。

今天（天氣）很熱。

今日は暑い です。
對上司

上司（上司）　部下（屬下）　←説話者

*【否定】：暑くないです（不熱）。
語氣較「暑くない」有禮貌。

今天（天氣）很熱。

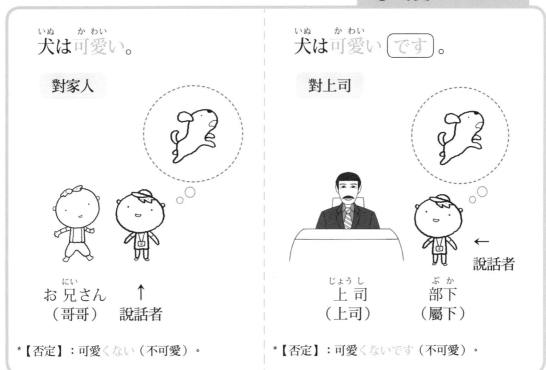

いぬ　かわい
犬は可愛い。

對家人

お兄さん（哥哥）　↑　說話者
にい

*【否定】：可愛くない（不可愛）。

いぬ　かわい
犬は可愛い です 。

對上司

じょうし　　ぶか
上司（上司）　部下（屬下）

←　說話者

*【否定】：可愛くないです（不可愛）。

狗很可愛。　　　狗很可愛。

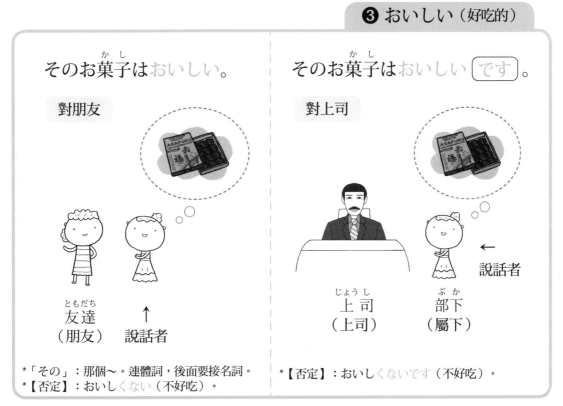

か　し
そのお菓子はおいしい。

對朋友

ともだち
友達（朋友）　↑　說話者

か　し
そのお菓子はおいしい です 。

對上司

じょうし　　ぶか
上司（上司）　部下（屬下）

←　說話者

*「その」：那個～。連體詞，後面要接名詞。
*【否定】：おいしくない（不好吃）。

*【否定】：おいしくないです（不好吃）。

那個點心很好吃。　　　那個點心很好吃。

3. な形容詞 ＋ です

- 【意義】：斷定的語氣，類似中文的「是…」。意思和「だ」相同，但是語氣較有
　　　　　禮貌，適用於職場、陌生人、正式場合。

- 【字尾變化原則】： な形容詞　　直接加上　です

な形容詞	＋ です
しず 静か	です （是安靜的）
べんり 便利	です （是方便的）
かんたん 簡単	です （是簡單的）

しず
静か（だ）（安靜的）　→

べんり
便利（だ）（方便的）　→

かんたん
簡単（だ）（簡單的）　→

- 【情境範例】：對比　不同對象　的使用差異

❶ 綺麗（だ）（漂亮的）

えきまえ
駅前のクリスマスツリーは
きれい
綺麗だ。　　對朋友

えきまえ
駅前
（車站前）

ともだち
友達
（朋友）　↑
　　説話者

クリスマスツリー
（聖誕樹）

えきまえ
駅前のクリスマスツリーは
きれい
綺麗 です 。　　對上司

説話者

じょうし
上司
（上司）　　ぶか
部下
（屬下）

*【否定】：綺麗じゃない（不漂亮）。
　可參考表示【否定】：ない。

*【否定】：綺麗じゃありません（不漂亮）。
　語氣較「綺麗じゃない」有禮貌。

車站前的聖誕樹很漂亮。　　　　　　　　車站前的聖誕樹很漂亮。

あの<ruby>大学<rt>だいがく</rt></ruby>は<ruby>有名<rt>ゆうめい</rt></ruby>だ。

對家人

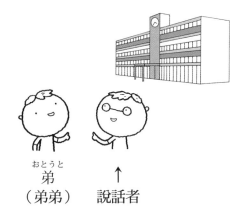

<ruby>弟<rt>おとうと</rt></ruby>
（弟弟）　↑
　　　　説話者

*「あの」：（較遠方的）那個～。連體詞，後面
　要接名詞。
*【否定】：有名じゃない（不有名）。

那間大學很有名。

あの<ruby>大学<rt>だいがく</rt></ruby>は<ruby>有名<rt>ゆうめい</rt></ruby>　です　。

對上司

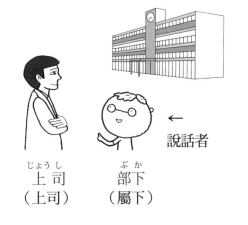

　　　　　　　　　　　　← 説話者
<ruby>上司<rt>じょうし</rt></ruby>　　<ruby>部下<rt>ぶか</rt></ruby>
（上司）　（屬下）

*【否定】：有名じゃありません（不有名）。

那間大學很有名。

この<ruby>公園<rt>こうえん</rt></ruby>は<ruby>静<rt>しず</rt></ruby>かだ。

對朋友

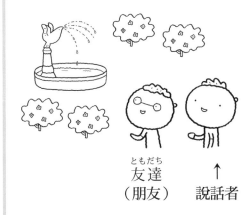

　　　　　<ruby>友達<rt>ともだち</rt></ruby>
　　　　　（朋友）　↑
　　　　　　　　　説話者

*「この」：這個～。連體詞，後面要接名詞。
*【否定】：静かじゃない（不安靜）。

這個公園很安靜。

この<ruby>公園<rt>こうえん</rt></ruby>は<ruby>静<rt>しず</rt></ruby>か　です　。

對上司

　　　　　　　　　　　　← 説話者
<ruby>上司<rt>じょうし</rt></ruby>　　<ruby>部下<rt>ぶか</rt></ruby>
（上司）　（屬下）

*【否定】：静かじゃありません（不安靜）。

這個公園很安靜。

4. 名詞、な形容詞 ＋ でした （過去式）

- 【意義】：です 的過去式。

- 【字尾變化原則】： 名詞、な形容詞 　直接加上 でした

名詞	＋ でした
映画館（えいがかん）	でした （以前是電影院）

映画館（えいがかん）（電影院）　→

な形容詞	＋ でした
賑やか（にぎ）	でした （以前是熱鬧的）
苦手（にがて）	でした （以前是不擅長的）

賑やか（にぎ）（だ）（熱鬧的）　→

苦手（にがて）（だ）（不擅長的）　→

- 【情境範例】：對比 現在・過去 的使用差異　　　❶ スーパー（超市）

あれはスーパーです。

現在：です

今（いま）（現在）

同僚（どうりょう）（同事）　↑ 說話者

昔（むかし） あの建物（たてもの）はスーパー でした 。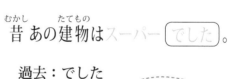

過去：でした

今（いま）（現在）　　　　昔（むかし）（以前）

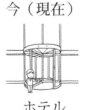

ホテル（旅館）

建物（たてもの）（建築物）　同僚（どうりょう）（同事）　↑ 說話者

* 「あれ」：（較遠方的）那～。指示代名詞，用
　於指「事物」，不能用於指「人或地點」。

那個是超市。　　　　　　　　　　以前那個建築物是超市。

❷ 大人（大人）；子供（小孩）

太郎<ruby>太郎<rt>た ろう</rt></ruby>はもう<ruby>大人<rt>おと な</rt></ruby>です。

現在：です

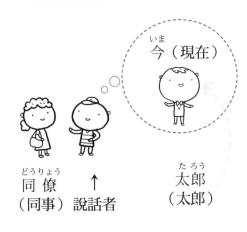

今（現在）

<ruby>同僚<rt>どうりょう</rt></ruby>
（同事） 説話者

<ruby>太郎<rt>た ろう</rt></ruby>
（太郎）

*「もう」：已經。

太郎已經是大人。

<ruby>太郎<rt>た ろう</rt></ruby>はまだ<ruby>子供<rt>こ ども</rt></ruby> でした 。

過去：でした

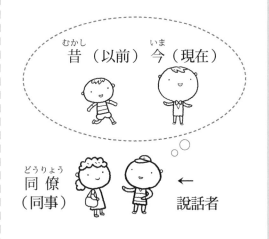

<ruby>昔<rt>むかし</rt></ruby>（以前） <ruby>今<rt>いま</rt></ruby>（現在）

<ruby>同僚<rt>どうりょう</rt></ruby>
（同事）

説話者

*「まだ」：還、仍。

太郎當時還是小孩。

❸ 暇（だ）（空閒的）

<ruby>彼<rt>かれ</rt></ruby>はいつも<ruby>暇<rt>ひま</rt></ruby>です。

現在：です

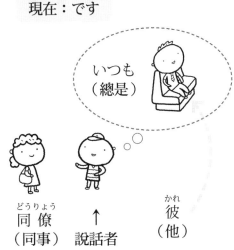

いつも
（總是）

<ruby>同僚<rt>どうりょう</rt></ruby>
（同事） 説話者

<ruby>彼<rt>かれ</rt></ruby>
（他）

*【否定】：暇じゃありません（不是空閒的）。

他總是很閒。

<ruby>昨日<rt>き のう</rt></ruby>は<ruby>暇<rt>ひま</rt></ruby> でした 。

過去：でした

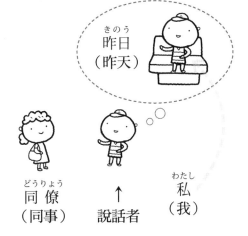

<ruby>昨日<rt>き のう</rt></ruby>
（昨天）

<ruby>同僚<rt>どうりょう</rt></ruby>
（同事）

説話者

<ruby>私<rt>わたし</rt></ruby>
（我）

*【否定】：暇じゃありませんでした
（以前不是空閒的）。

（我）昨天很閒。

關於【ます】的基本認識

- 將「動詞原形」變成「動詞ます形」，是日語裡最基本的動詞字尾變化形態。
- 「ます形」是一種經過美化修飾、較正式的語氣，說話時用「ます形」，會給人得體、有禮貌、有教養的感覺。

適用對象

面對下列關係的人，適合用「ます形」：
- 陌生人、初次見面的人
- 彼此不是相當熟的人
- 職場事務的往來對象
- 輩分較高者（不包含自己的長輩，自己的長輩用動詞原形就可以了）
- 居上位者（職員對上司、學生對校長…等）

比較

相較於「ます形」，「動詞原形」給人沒有修飾、沒有刻意打扮的感覺。
如果用「穿著」來比喻，兩者的差異是：

【動詞原形】＝ 隨便穿

【動詞ます形】＝ 穿西裝

- 不加修飾
- 不重視門面打理
- 適用非正式場合
- 熟悉的朋友間使用

- 經過刻意修飾
- 是得體的「門面」
- 適用正式場合
- 對長輩、居上位者使用

時態

	現在式	過去式
肯定形	〜ます 例 食(た)べます （吃）	〜ました 例 食(た)べました （吃了）
否定形	〜ません 例 食(た)べません （不吃）	〜ませんでした 例 食(た)べませんでした （沒吃）
疑問形 ※加上表示疑問的 「か」	〜ますか 〜ませんか 例 食(た)べますか （吃嗎？） 食(た)べませんか （不吃嗎？）	〜ましたか 〜ませんでしたか 例 食(た)べましたか （吃了嗎？） 食(た)べませんでしたか （沒吃嗎？）

表示【禮儀】：ます

MP3 008

1. 第一類動詞（五段動詞）＋ ます

● 【意義】：一種正式、得體、有禮貌的語氣。

● 【字尾變化原則】： 要變化的部分 變成 i段音 ＋ ます

	不變化	要變化	→	不變化	i段音 ＋ ます
笑う（笑）→	笑	う	→	笑	い ます（笑）
書く（寫）→	書	く	→	書	き ます（寫）
話す（說）→	話	す	→	話	し ます（說）

● 【情境範例】：對比 不同對象 的使用差異

❶ 書く（寫）

レポートを書く。

對朋友

友達（朋友）　↑說話者

レポートを書き ます 。

對上司

上司（上司）　部下（屬下）

←說話者

*「を」：助詞，表示「書く」的「對象」。

（我）寫報告。　　　　　　　　　　（我）寫報告。

054

かれ　　　　がっこう　やす
彼はよく学校を休む。

對朋友

クラスメート　　　↑
（同班同學）　說話者

＊「よく」：副詞，經常地。

他常常曠課／他常常向學校請假。

かれ　　　　かいしゃ　やす
彼はよく会社を休み［ます］。

對上司

じょうし　　　　ぶか
上司　　　　部下
（上司）　　（屬下）

說話者

他常常曠職／他常常向公司請假。

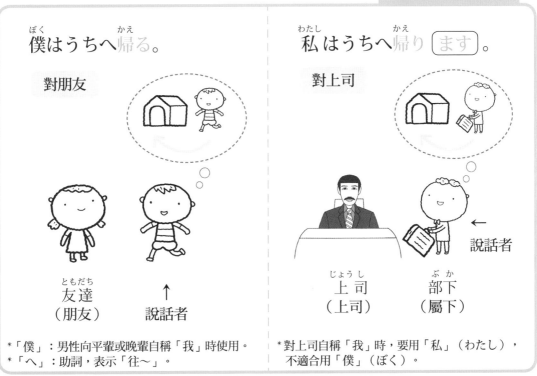

ぼく　　　　　かえ
僕はうちへ帰る。

對朋友

ともだち
友達　　　　↑
（朋友）　說話者

＊「僕」：男性向平輩或晚輩自稱「我」時使用。
＊「へ」：助詞，表示「往～」。

我要回家。

わたし　　　　かえ
私はうちへ帰り［ます］。

對上司

じょうし　　　　ぶか
上司　　　　部下
（上司）　　（屬下）

說話者

＊對上司自稱「我」時，要用「私」（わたし），
　不適合用「僕」（ぼく）。

我要回家。

2. 第二類動詞（上一段＆下一段動詞）＋ ［ます］

● 【意義】：一種正式、得體、有禮貌的語氣。

● 【字尾變化原則】： ［る］ 變成 ［ます］

	不變化	要變化	→	不變化	ます
見る （看） →	見	る	→	見	ます（看）
起きる（起身） →	起き	る	→	起き	ます（起身）
寝る （睡覺） →	寝	る	→	寝	ます（睡覺）
受ける（接受） →	受け	る	→	受け	ます（接受）

● 【情境範例】：對比 不同對象 的使用差異

❶ 降りる（下來）

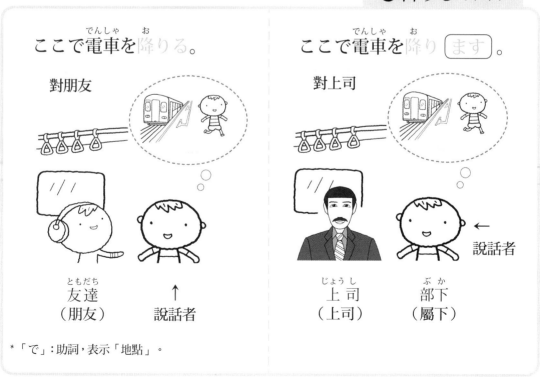

ここで電車を降りる。　　　　ここで電車を降り［ます］。

對朋友　　　　　　　　　　　對上司

友達　　↑　　　　上司　　部下
（朋友）　說話者　　（上司）（屬下）

　　　　　　　　　　　　　　　　→ 說話者

* 「で」：助詞，表示「地點」。

（我）在這裡下電車。　　　　（我）在這裡下電車。

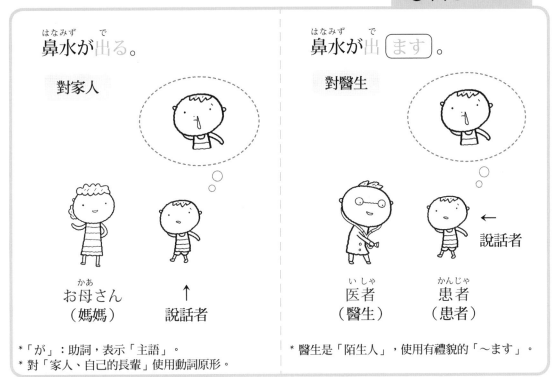

左上：
はなみず で
鼻水が出る。

對家人

かあ
お母さん
（媽媽）　↑
　　　　說話者

* 「が」：助詞，表示「主語」。
* 對「家人、自己的長輩」使用動詞原形。

（我）流鼻水。

右上：
はなみず で
鼻水が出 ます 。

對醫生

　　　　　← 說話者

いしゃ　　　かんじゃ
医者　　　患者
（醫生）　（患者）

* 醫生是「陌生人」，使用有禮貌的「〜ます」。

（我）流鼻水。

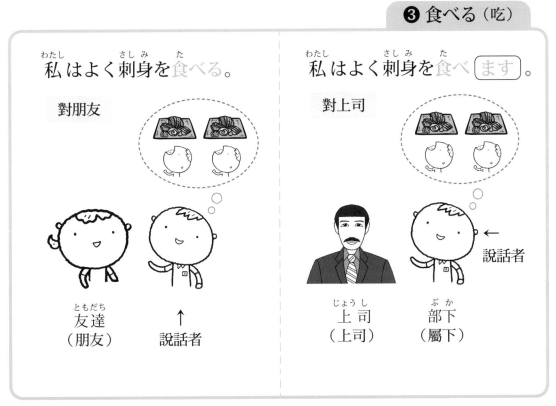

左下：
わたし　　　　 さしみ　 た
私はよく刺身を食べる。

對朋友

ともだち
友達
（朋友）　　↑
　　　　　說話者

我常常吃生魚片。

右下：
わたし　　　　 さしみ　 た
私はよく刺身を食べ ます 。

對上司

　　　　　　　　　← 說話者

じょうし　　　ぶか
上司　　　部下
（上司）　（屬下）

我常常吃生魚片。

表示【禮儀】：ます

3. 第三類動詞（来る、する、～する）＋ ます

- 【意義】：一種正式、得體、有禮貌的語氣。
- 【来る 的變化原則】： る 變成 ます ＊注意：「来」要改變發音
- 【する、～する 的變化原則】： する 變成 します

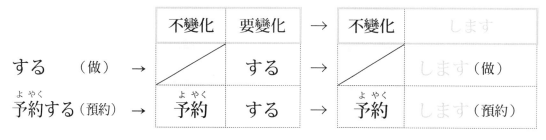

- 【情境範例】：對比 不同對象 的使用差異　　❶ 来る（來）

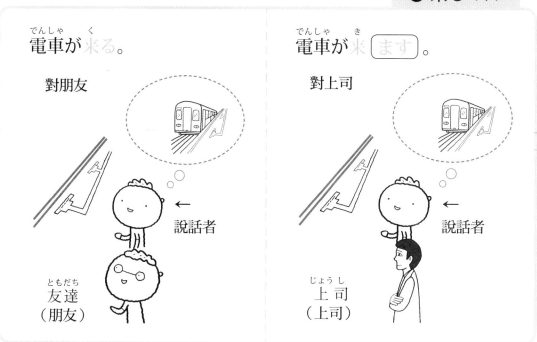

でんしゃ く
電車が 来る。　　　　でんしゃ き
　　　　　　　　　　電車が 来 ます 。

對朋友　　　　　　　對上司

説話者　　　　　　　説話者

ともだち
友達
（朋友）　　　　　じょうし
　　　　　　　　　上司
　　　　　　　　（上司）

電車要來了。　　　　　　　　　電車要來了。

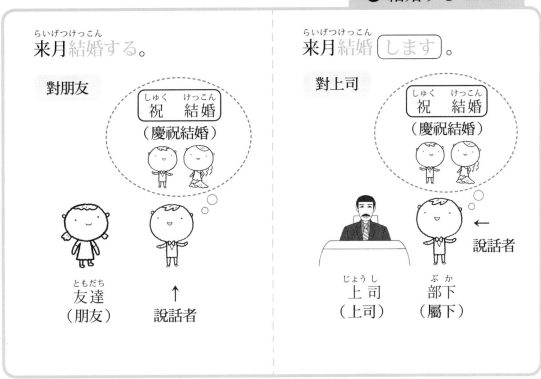

（我）下個月結婚。

（我）下個月結婚。

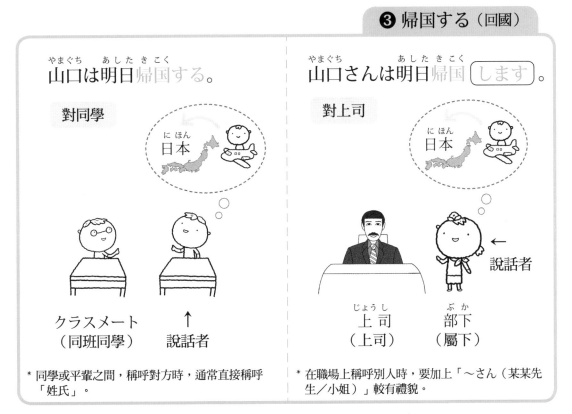

* 同學或平輩之間，稱呼對方時，通常直接稱呼「姓氏」。

* 在職場上稱呼別人時，要加上「～さん（某某先生／小姐）」較有禮貌。

山口明天回國。

山口先生明天回國。

4. 各類動詞 ＋ ［ ました ］（過去式）

● 【意義】：ます 的過去式，也是正式、得體、有禮貌的語氣。

● 【字尾變化原則】：［ ます ］ 變成 ［ ました ］

	不變化	要變化	→	不變化	～ました
行く（去） →	行	き ます	→	行	き ました（去了）
見る（看） →	見	ます	→	見	ました（看了）
食べる（吃） →	食べ	ます	→	食べ	ました（吃了）
来る（來） →	来（き）	ます	→	来（き）	ました（來了）
予約する（預約）→	予約	します	→	予約	しました（預約了）

● 【情境範例】：對比 ■現在・過去 的使用差異　　　❶行く（去）

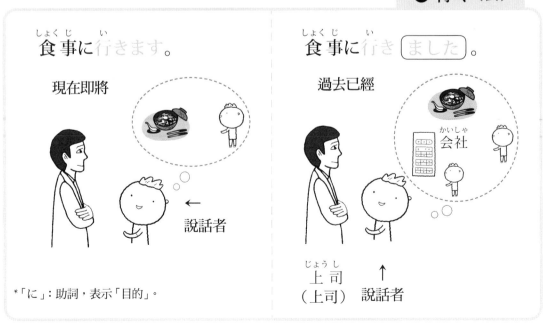

食事に行きます。
現在即將　　　　　　　　　　　←説話者

食事に行き［ました］。
過去已經　　　　　かいしゃ 会社
じょうし 上司（上司）　↑　説話者

*「に」：助詞，表示「目的」。

（我）要去吃飯。　　　　　　　　　（我）去吃飯了。

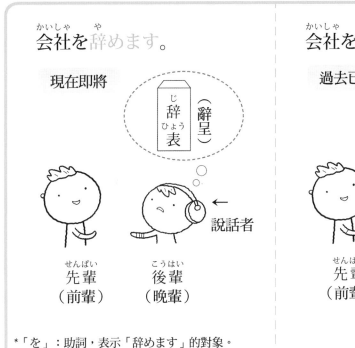

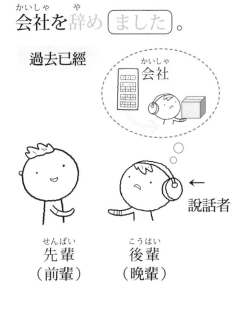

かいしゃ や
会社を 辞めます。

現在即將

せんぱい
先輩
（前輩）

こうはい
後輩
（晚輩）

← 説話者

*「を」：助詞，表示「辞めます」的對象。

（我）要辭職。

かいしゃ や
会社を 辞め ました 。

過去已經

かいしゃ
会社

せんぱい
先輩
（前輩）

こうはい
後輩
（晚輩）

← 説話者

（我）辭職了。

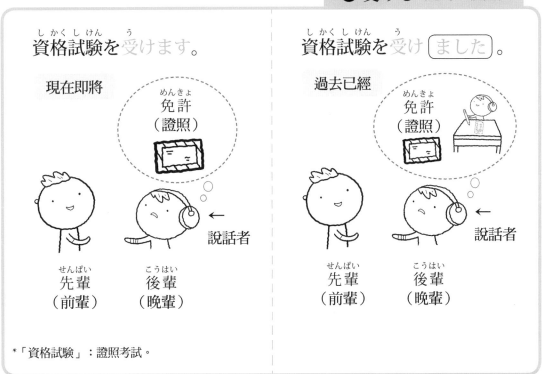

し かく し けん う
資格試験を 受けます。

現在即將

めんきょ
免許
（證照）

せんぱい
先輩
（前輩）

こうはい
後輩
（晚輩）

← 説話者

*「資格試験」：證照考試。

（我）要考證照。

し かく し けん う
資格試験を 受け ました 。

過去已經

めんきょ
免許
（證照）

せんぱい
先輩
（前輩）

こうはい
後輩
（晚輩）

← 説話者

（我）考證照了。

關於【ない】的基本認識

意義

- 「ない形」用來表示「否定」，意思類似「不〜」。

適用對象＆場合

面對下列關係的人物及場合，適合用「ない」：
- 熟悉的朋友
- 家人
- 非正式場合

比較

「ない形」是非正式的「否定」語氣，「だ」是非正式的「斷定」語氣：

【だ】＝非正式的斷定語氣	【ない形】＝非正式否定語氣

- （名詞）　　車_{くるま}だ
- （い形容詞）高_{たか}い
- （な形容詞）便利_{べんり}だ
- （動詞）　　買_かう

- （名詞）　　車_{くるま}　じゃない
- （い形容詞）高_{たか}　く　ない
- （な形容詞）便利_{べんり}じゃない
- （動詞）　　買_か　わ　ない

【ない：字尾變化原則】總整理

「ない形」的字尾變化原則較複雜，下表整理出不同詞類的字尾變化原則。並將需要特別留意的內容，用顏色做出標示。

詞類	詞彙	意義		不變化	字尾變化	～ない
名詞	彼氏 （かれし）	（男朋友）	→	彼氏 （かれし）	じゃ	ない
い形容詞	おいしい	（好吃的）	→	おいし	く	ない
な形容詞	上手（だ） （じょうず）	（拿手的）	→	上手 （じょうず）	じゃ	ない
第一類動詞	会う （あ）	（見面）	→	会 （あ）	わ	ない
第二類動詞	見る （み）	（看）	→	見 （み）		ない
第三類動詞	来る （く）	（來）	→	来 （こ）		ない
第三類動詞	する	（做）	→			しない

1. 名詞 ＋ ［ ない ］

● 【意義】：表示否定「不是…」。肯定則使用「表示斷定的 だ」。

● 【字尾變化原則】：　［ 名詞 ］ ＋じゃ ［ ＋ ない ］ ＊じゃ＝では

名詞	＋じゃ＋ない	
^{かれ　し} 彼氏	じゃ　ない	（不是男朋友）
^{ともだち} 友達	じゃ　ない	（不是朋友）
^{くるま} 車	じゃ　ない	（不是汽車）

彼氏（男朋友）→ 彼氏
友達（朋友）→ 友達
車 （汽車）→ 車

● 【情境範例】：對比 肯定・否定 的使用差異

❶ 彼氏（男朋友）

^{かれ　し}
彼氏だ。

肯定：だ

↑　　　^{かれ　し}
　　　彼氏
說話者（男朋友）

是（我的）男朋友。

^{たけし}^{かれ　し}
武は彼氏じゃ［ ない ］。

否定：ない

↑　　　　^{たけし}
　　　　武
說話者　（人名：武）

＊「～じゃない」＝「～ではない」。

武不是（我的）男朋友。

友達だ。

肯定：だ

あの人は友達じゃ ない 。

否定：ない

↑
說話者

友達
（朋友）

↑
說話者

あの人
（那個人）

是（我的）朋友。

那個人不是（我的）朋友。

私の車だ。

肯定：だ

これは私の車じゃ ない 。

否定：ない

↑
說話者

私の車
（我的車）

↑
說話者

*「の」：助詞・表示「〜的〜」。

是我的車。

這不是我的車。

2. い形容詞 + ［ ない ］

- 【意義】：表示否定「不…」。肯定則使用「い形容詞原形」。
- 【字尾變化原則】： ［ 要變化的部分 ］ 變成 ［ く + ない ］

	不變化	要變化	→	不變化	く + ない
おいしい（好吃的）→	おいし	い	→	おいし	く ない（不好吃的）
寒い　　（冷的）　→	寒	い	→	寒	く ない（不冷的）
安い　　（便宜的）→	安	い	→	安	く ない（不便宜的）

- 【情境範例】：對比 ［ 肯定・否定 ］ 的使用差異　　❶ おいしい（好吃的）

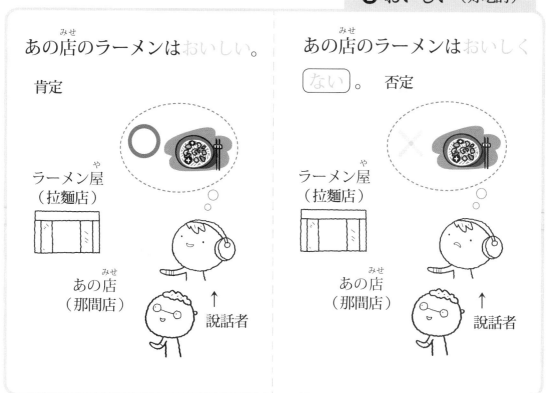

あの店のラーメンはおいしい。　　あの店のラーメンはおいしく

肯定　　　　　　　　　　　　　　［ ない ］。　否定

ラーメン屋（拉麵店）　　　　　　ラーメン屋（拉麵店）

あの店（那間店）　　↑ 說話者　　あの店（那間店）　　↑ 說話者

那間店的拉麵很好吃。　　　　　　那間店的拉麵不好吃。

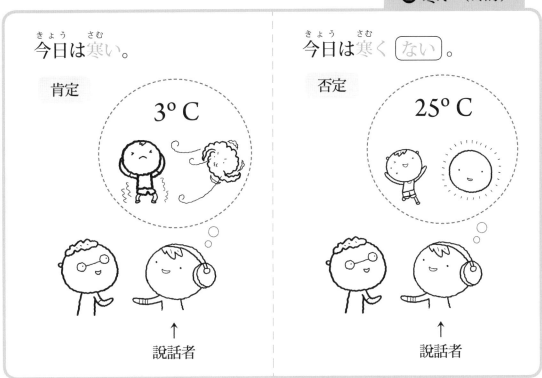

今天很冷。

今天不冷。

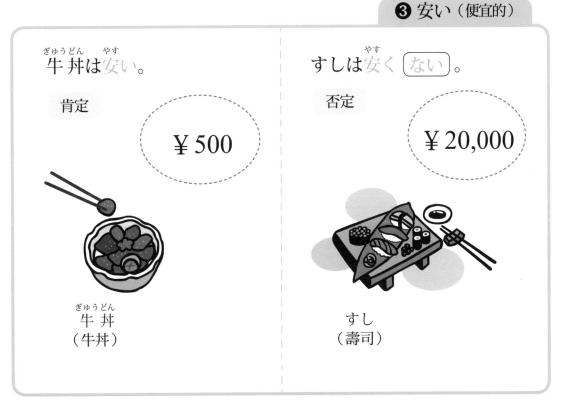

牛丼便宜。

壽司不便宜。

3. な形容詞 ＋ ない

● 【意義】：表示否定「不…」。肯定則使用「表示斷定的 だ」。

● 【字尾變化原則】： な形容詞 ＋ じゃ ＋ ない ＊ じゃ = では

な形容詞	＋ じゃ ＋ ない	
賑やか（にぎ）	じゃ	ない （不熱鬧的）
上手（じょうず）	じゃ	ない （不拿手的）
健康（けんこう）	じゃ	ない （不健康的）

賑やか（だ）（熱鬧的） → 賑やか じゃ ない（不熱鬧的）

上手（だ）（拿手的） → 上手 じゃ ない（不拿手的）

健康（だ）（健康的） → 健康 じゃ ない（不健康的）

● 【情境範例】：對比 肯定・否定 的使用差異

❶ 賑やか（だ）（熱鬧的）

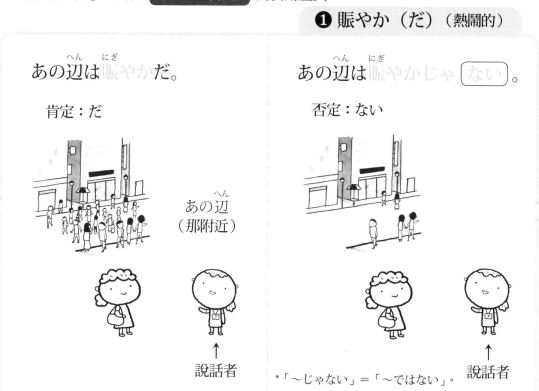

あの辺（へん）は賑（にぎ）やかだ。

肯定：だ

あの辺（へん）
（那附近）

↑ 說話者

あの辺（へん）は賑（にぎ）やかじゃ ない。

否定：ない

＊「〜じゃない」＝「〜ではない」。

↑ 說話者

那附近很熱鬧。　　　　　　　　那附近不熱鬧。

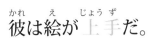

彼<small>かれ</small>は絵<small>え</small>が 上手<small>じょうず</small>だ。

肯定：だ

絵<small>え</small>（圖畫）

彼<small>かれ</small>（他）

← 說話者

*「～が（助詞）上手」：擅長～

彼<small>かれ</small>は絵<small>え</small>が 上手<small>じょうず</small>じゃ ない 。

否定：ない

← 說話者

他擅長畫畫。

他不擅長畫畫。

彼<small>かれ</small>は健康<small>けんこう</small>だ。

肯定：だ

↑ 說話者

彼<small>かれ</small>は健康<small>けんこう</small>じゃ ない 。

否定：ない

↑ 說話者

他（身體）很健康。

他（身體）不健康。

4. 第一類動詞（五段動詞）＋ ない

- 【意義】：表示否定「不…」。肯定則使用「動詞原形」。

- 【字尾變化原則】： 要變化的部分 變成 a 段音 ＋ ない

		不變化	要變化	→	不變化	a 段音 ＋ ない
会う（見面）	→	会	う	→	会	わ ない（不見面）
聞く（聽）	→	聞	く	→	聞	か ない（不聽）
読む（讀）	→	読	む	→	読	ま ない（不讀）

- 【情境範例】：對比 肯定・否定 的使用差異

❶ 買う（買）

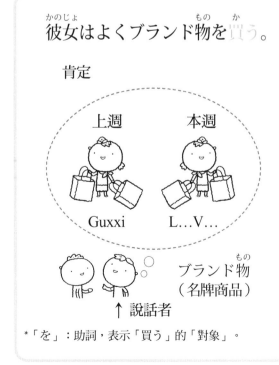

彼女はよくブランド物を買う。

肯定

上週　本週

Guxxi　L...V...

ブランド物
（名牌商品）

↑ 說話者

*「を」：助詞，表示「買う」的「對象」。

她常常買名牌的東西。

彼女はブランド物は買わ ない 。

否定

SALE

←
說話者

*否定時，助詞「を」通常會改成「は」。但沿用「を」也可以。

她不買名牌的東西。

がっこう　い
学校に 行く。

肯定

がっこう
学校に
（到學校）

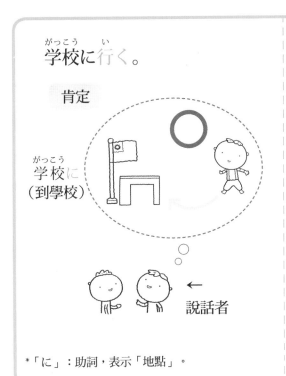

説話者

＊「に」：助詞，表示「地點」。

（我）去學校。

きょう　がっこう　い
今日は学校に 行か ［ない］。

否定

説話者

＊「は」：助詞，表示「主題」。

（我）今天不去學校。

さけ　の
お酒を 飲む。

肯定

さけ
お酒
（酒）

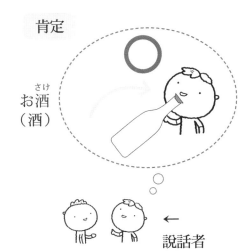

説話者

＊「を」：助詞，表示「飲む」的「對象」。

（我）喝酒。

さけ　の
お酒は 飲ま ［ない］。

否定

説話者

＊否定時，助詞「を」通常會改成「は」。但沿用
　「を」也可以。

（我）不喝酒。

5. 第二類動詞（上一段＆下一段動詞）＋ ない

● 【意義】：表示否定「不…」。肯定則使用「動詞原形」。

● 【字尾變化原則】： る 變成 ない

	不變化	要變化	→	不變化	ない
見る（看）→	見	る	→	見	ない（不看）
信じる（相信）→	信じ	る	→	信じ	ない（不相信）
寝る（睡）→	寝	る	→	寝	ない（不睡）
答える（回答）→	答え	る	→	答え	ない（不回答）

● 【情境範例】：對比 肯定・否定 的使用差異

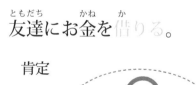

❶ 借りる（借入）

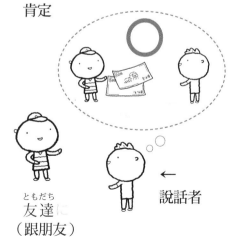

友達にお金を借りる。

肯定

友達に
（跟朋友）

說話者

*「に」：助詞，表示「對象」。
*「を」：助詞，表示「借りる」的「對象」。

（我）跟朋友借錢。

友達にお金は借り ない 。

否定

說話者

* 否定時，助詞「を」通常會改成「は」。但沿用「を」也可以。

（我）不跟朋友借錢。

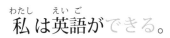

❷ できる（能夠、有能力）

私_{わたし}は英語_{えいご}ができる。

肯定

→ 說話者

*「～ができる」：有能力～。「が」是助詞。

我懂英文。

私_{わたし}は英語_{えいご}はでき ない 。

否定

→ 說話者

* 否定時，助詞「が」會改成「は」。變成「～は
できない」。

我不懂英文。

❸ 捨てる（扔掉）

ゴミを捨_すてる。

肯定

ゴミ
（垃圾）

*「を」：助詞，表示「捨てる」的「對象」。

（我）倒垃圾。

ゴミを捨_すて ない 。

否定

* 否定時，助詞「を」通常會改成「は」。但沿用
「を」也可以。

（我）不倒垃圾。

表示【否定】：ない

6. 第三類動詞（来る、する、～する） + ［ ない ］

- 【意義】：表示否定「不…」。肯定則使用「動詞原形」。
- 【来る 的變化原則】：［ る ］ 變成 ［ ない ］ ＊注意：「来」要改變發音
- 【する、～する 的變化原則】：［ する ］ 變成 ［ しない ］

	不變化	要變化	→	不變化	ない
来る　　（來）　→	来（く）	る	→	来（こ）	ない（不來）

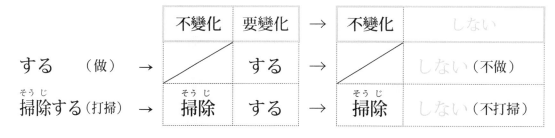

	不變化	要變化	→	不變化	しない
する　　（做）　→	╱	する	→	╱	しない（不做）
掃除する（打掃）→	掃除	する	→	掃除	しない（不打掃）

- 【情境範例】：對比 **肯定・否定** 的使用差異

❶ 来る（來）

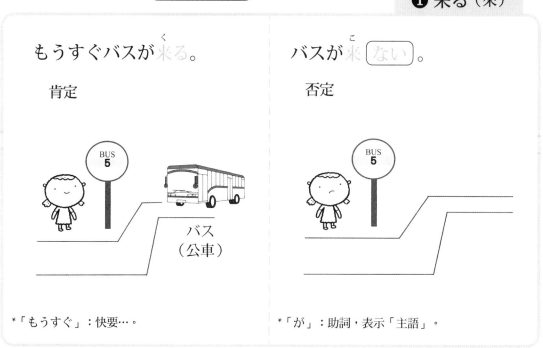

もうすぐバスが来る。	バスが来［ない］。
肯定	否定

＊「もうすぐ」：快要…。	＊「が」：助詞，表示「主語」。
公車快要來了。	公車不來。

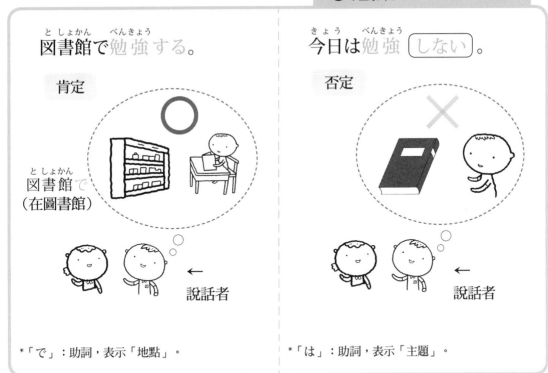

図書館で勉強する。

肯定

図書館で
（在圖書館）

説話者

*「で」：助詞，表示「地點」。

（我）在圖書館唸書。

今日は勉強 しない 。

否定

説話者

*「は」：助詞，表示「主題」。

（我）今天不唸書。

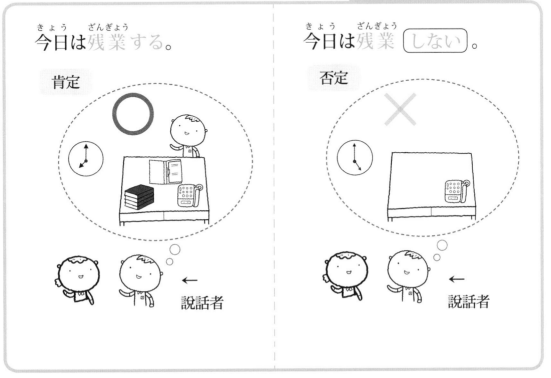

今日は残業する。

肯定

説話者

（我）今天要加班。

今日は残業 しない 。

否定

説話者

（我）今天不加班。

7. 各詞類 ＋ 〔 なかった 〕（過去式）

- 【意義】：ない 的過去式，表示「之前不…」。

- 【字尾變化原則】： 〔 ない 〕 變成 〔 なかった 〕

	不變化	要變化	→	不變化	～ なかった
友達 （朋友） →	友達	じゃ ない（不是朋友）	→	友達	じゃ なかった（之前不是朋友）
寒い （冷的） →	寒	く ない（不冷的）	→	寒	く なかった（之前不冷）
健康（だ）（健康的） →	健康	じゃ ない（不健康的）	→	健康	じゃ なかった（之前不健康）
飲む （喝） →	飲	ま ない（不喝）	→	飲	ま なかった（之前沒喝）
決める （決定） →	決め	ない（不決定）	→	決め	なかった（之前沒決定）
来る （來） →	来(こ)	ない（不來）	→	来(こ)	なかった（之前沒來）
残業する（加班） →	残業	し ない（不加班）	→	残業	し なかった（之前沒加班）

- 【情境範例】：對比 現在否定・過去否定 的使用差異

 ❶ 話す（說話）

彼とは 話さない。

現在否定

彼と （和他）　私（我）

*「某人＋と（助詞）」：和某人。
*「は」：助詞，此句使用「彼とは」語感較自然。

（我）不跟他講話。

彼とは 話さ 〔 なかった 〕。

過去否定　　半年前（半年前）

↑
說話者

之前（我）沒跟他講話。

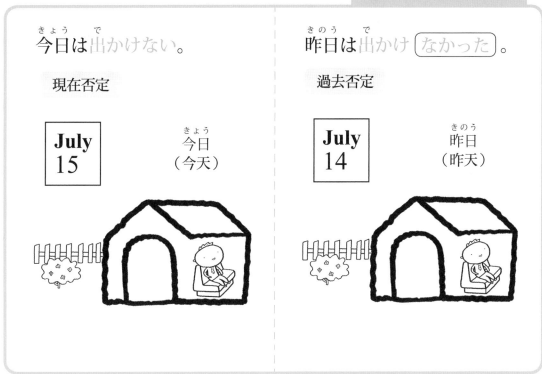

きょう　で
今日は出かけない。

現在否定

July 15

きょう
今日
（今天）

きのう　で
昨日は出かけ なかった 。

過去否定

July 14

きのう
昨日
（昨天）

（我）今天不出門。

（我）昨天沒出門。

❸ 答える（回答）

しつもん　こた
つまらない質問には答えない。

現在否定

你起床後都做什麼？

………

說話者

かれ　なに　こた
彼は何も答え なかった 。

過去否定

きのう
昨日
（昨天）

要跟我們去看電影嗎？

……

說話者

*「つまらない」：無聊的。
*「質問に答える」：回答問題。
*「は」：助詞，此句用「質問には」語感較自然。

*「何も＋否定」：什麼都不～。

（我）不回答無聊的問題。

他什麼都沒回答。

關於【た】的基本認識

意義

- 「た形」用來表示「過去」，表示「以前是…、已經…、…了」。

適用對象&場合

面對下列關係的人物及場合，適合用「た」：

- 熟悉的朋友
- 家人
- 非正式場合

比較

「動詞原形」和「動詞た形」的差異是：

【動詞原形】= 要脫掉

脱ぐ

【動詞た形】= 已經脫掉

脱いだ

【動詞原形】可用於表示：

- 事實
- 一般現象（例如：下雨、出太陽）
- 一般動作（例如：吃飯、睡覺）
- 將要發生的事或行為

【動詞た形】可用於表示：

- 已經發生的事或行為

【た：字尾變化原則】總整理

「た形」的字尾變化原則較複雜。尤其是「第一類動詞」，不同的動詞原形字尾，有不同的變化原則，一定要區分清楚。

詞類	詞彙	意義		不變化	字尾變化～た
名詞	先生	（老師）	→	先生	だった
い形容詞	暑い	（熱的）	→	暑	かった
な形容詞	静か（だ）	（安靜的）	→	静か	だった
第一類動詞 動詞原形字尾：う、つ、る	買う	（買）	→	買	った
第一類動詞 動詞原形字尾：す	話す	（說）	→	話	した
第一類動詞 動詞原形字尾：く、ぐ	書く 脱ぐ	（寫） （脫掉）	→	書 脱	いた いだ
第一類動詞 動詞原形字尾：ぬ、む、ぶ	死ぬ 飲む 呼ぶ	（死亡） （喝） （呼叫）	→	死 飲 呼	んだ んだ んだ
第二類動詞	起きる	（起身）	→	起き	た
第三類動詞	来る	（來）	→	来	た
第三類動詞	する	（做）	→		した

表示【過去】：た

1. 名詞 ＋ た

- 【意義】：表示「以前是⋯」，是熟識對象間使用的非正式語氣。

- 【字尾變化原則】： 名詞 直接加上 だった

名詞	＋ だった
海（うみ）	だった（以前是海）
先生（せんせい）	だった（以前是老師）
金持ち（かねも）	だった（以前是有錢人）

海（うみ）（海） → 海

先生（せんせい）（老師） → 先生

金持ち（かねも）（有錢人） → 金持ち

- 【情境範例】：對比 現在・過去 的使用差異　　❶ 金持ち（有錢人）

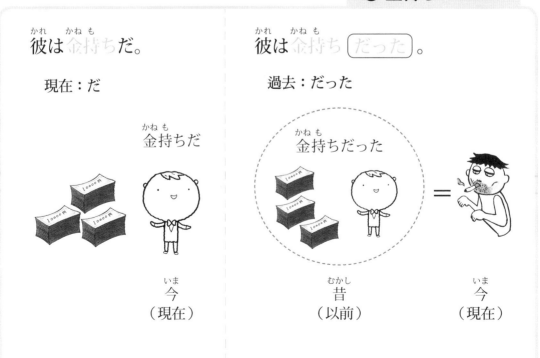

彼（かれ）は金持（かねも）ちだ。　　　彼（かれ）は金持（かねも）ち だった 。

現在：だ　　　　　　　　　過去：だった

金持（かねも）ちだ　　　　　　金持（かねも）ちだった

今（いま）（現在）　　　昔（むかし）（以前）　　今（いま）（現在）

他是個有錢人。　　　　　　他以前是個有錢人。

❷ 美人（美女）

かのじょ び じん
彼女は美人だ。

現在：だ

び じん
美人だ

いま
今
（現在）

＊「彼女」：她、女朋友。

ばあ わか ころ び じん
お婆ちゃんは若い頃美人 だった 。

過去：だった

ばあ
お婆ちゃん
（奶奶）

び じん
美人だった

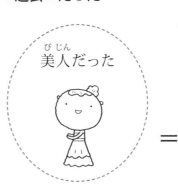

＝

わか ころ
若い頃
（年輕的時候）

いま
今
（現在）

她是個美女。

奶奶年輕時是個美女。

❸ 町（城鎮）

おお まち
ここは大きな町だ。

現在：だ

おお まち
大きな町だ

いま
今
（現在）

＊「ここ」：這裡。
＊「大きな（連體詞）＋名詞」：大的〜。

おお まち
ここは大きな町 だった 。

過去：だった

おお まち
大きな町だった

＝

じゅうねんまえ
１０年前
（10年前）

いま
今
（現在）

這裡是個大城鎮。

這裡過去是個大城鎮。

2. い形容詞 ＋ ［ た ］

- 【意義】：（1）表示「以前是…」，是熟識對象間使用的非正式語氣。
  　　　　（2）「い形容詞」的現在式並非「い形容詞＋だ」，使用「い形容詞原形」。
  　　　　（可參考：關於【だ】的基本認識 P 034）

- 【字尾變化原則】：　［ 要變化的部分 ］　變成　［ かった ］

	不變化	要變化	→	不變化	かった
安い（便宜的）→	安	い	→	安	かった（以前是便宜的）
甘い（甜的）　→	甘	い	→	甘	かった（以前是甜的）
軽い（輕的）　→	軽	い	→	軽	かった（以前是輕的）

- 【情境範例】：對比　**現在・過去**　的使用差異　　　　❶ 暑い（熱的）

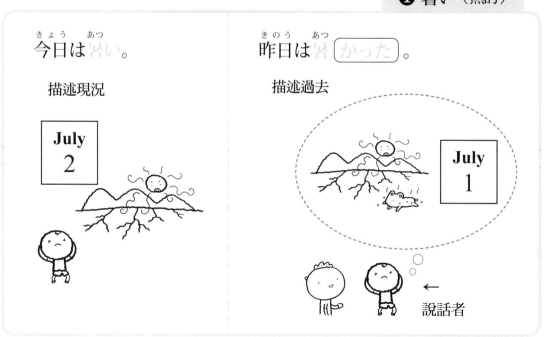

今日は暑い。　　　　　　　昨日は暑［かった］。

描述現況　　　　　　　　　描述過去

今天很熱。　　　　　　　　昨天很熱。

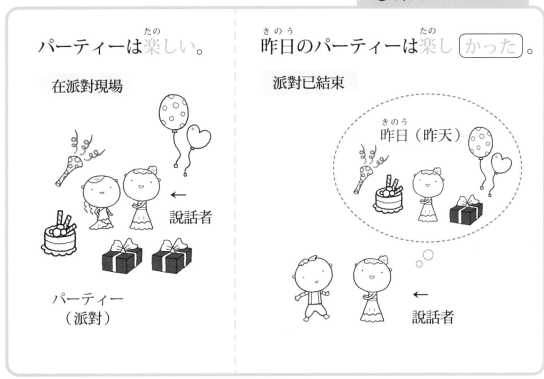

パーティーは楽しい。

在派對現場

パーティー
（派對）

← 説話者

昨日のパーティーは楽しかった。

派對已結束

昨日（昨天）

← 説話者

派對很好玩。

昨天的派對很好玩。

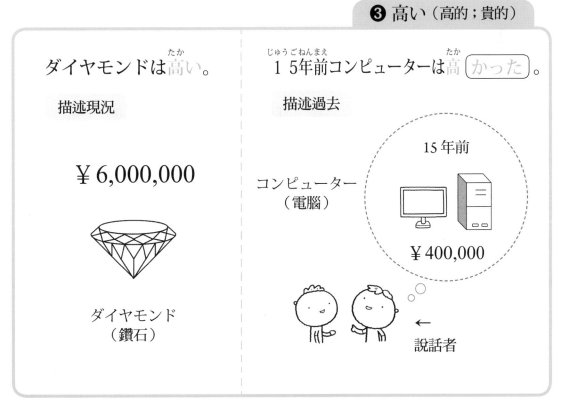

ダイヤモンドは高い。

描述現況

¥ 6,000,000

ダイヤモンド
（鑽石）

１５年前コンピューターは高かった。

描述過去

コンピューター
（電腦）

15年前

¥ 400,000

← 説話者

鑽石很貴。

15年前電腦很貴。

3. な形容詞 ＋ 　た

- 【意義】：表示「以前是…」，是熟識對象間使用的非正式語氣。

- 【字尾變化原則】： 　な形容詞　 直接加上 　だった

な形容詞	＋ だった	
しず 静か	だった（以前是安靜的）	
き れい 綺麗	だった（以前是漂亮的）	
べん り 便利	だった（以前是方便的）	

しず
静か（だ）（安靜的） →

き れい
綺麗（だ）（漂亮的） →

べん り
便利（だ）（方便的） →

- 【情境範例】：對比 現在・過去 的使用差異

❶ 簡単（だ）（簡單的）

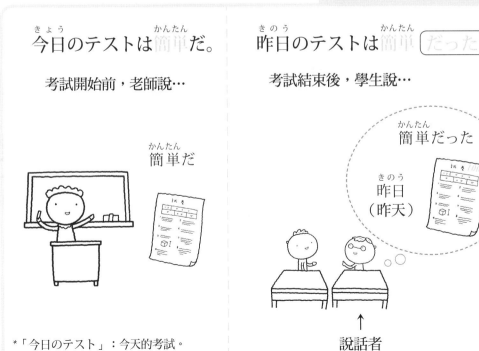

きょう　　　　　　　　かんたん
今日のテストは簡単だ。

考試開始前，老師說…

かんたん
簡単だ

＊「今日のテスト」：今天的考試。

きのう　　　　　　　　かんたん
昨日のテストは簡単 だった 。

考試結束後，學生說…

かんたん
簡単だった

きのう
昨日
（昨天）

↑
說話者

今天的考試很簡單。　　　　　　昨天的考試很簡單。

この<ruby>海岸<rt>かいがん</rt></ruby>は<ruby>静<rt>しず</rt></ruby>かだ。

描述現況

<ruby>静<rt>しず</rt></ruby>かだ

この<ruby>海岸<rt>かいがん</rt></ruby>
（這個海灘）

<ruby>今<rt>いま</rt></ruby>
（現在）

この<ruby>海岸<rt>かいがん</rt></ruby>は<ruby>静<rt>しず</rt></ruby>か だった 。

描述過去

<ruby>静<rt>しず</rt></ruby>かだった

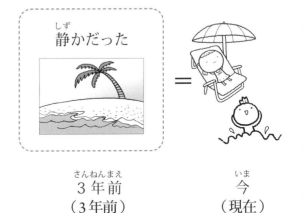

<ruby>3年前<rt>さんねんまえ</rt></ruby>
（3年前）

<ruby>今<rt>いま</rt></ruby>
（現在）

這個海灘很安靜。

這個海灘以前很安靜。

<ruby>私<rt>わたし</rt></ruby>はバナナが<ruby>好<rt>す</rt></ruby>きだ。

描述現況

<ruby>好<rt>す</rt></ruby>きだ

バナナ
（香蕉）

<ruby>今<rt>いま</rt></ruby>
（現在）

<ruby>私<rt>わたし</rt></ruby>は<ruby>子供<rt>こども</rt></ruby>の<ruby>頃<rt>ころ</rt></ruby>バナナが<ruby>好<rt>す</rt></ruby>き だった 。

描述過去

<ruby>好<rt>す</rt></ruby>きだった

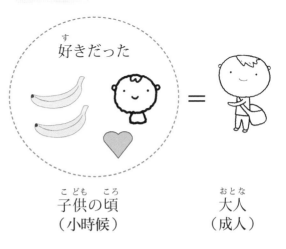

<ruby>子供<rt>こども</rt></ruby>の<ruby>頃<rt>ころ</rt></ruby>
（小時候）

<ruby>大人<rt>おとな</rt></ruby>
（成人）

*「～が（助詞）好き」：喜歡～

我喜歡吃香蕉。

我小時候喜歡吃香蕉。

4. 第一類動詞（動詞原形字尾 う、つ、る）＋ た

● 【意義】：表示「已經、…了」，是熟識對象間使用的非正式語氣。

● 【字尾變化原則】：　要變化的部分　變成　っ＋た

	不變化	要變化	→	不變化	っ＋た
言う（說） →	言	う	→	言	った（說了）
持つ（拿） →	持	つ	→	持	った（拿了）
怒る（生氣） →	怒	る	→	怒	った（生氣了）

● 【情境範例】：對比　現在・過去　的使用差異　　　❶ 買う（買）

コンビニで弁当を買う。

買便當前

コンビニで
（在便利商店裡）

*「で」：助詞，表示「地點」。

（我）要在便利商店買便當。

弁当を買った。

買便當後

弁当
（便當）

*「を」：助詞，表示「買った」的「對象」。

（我）買了便當。

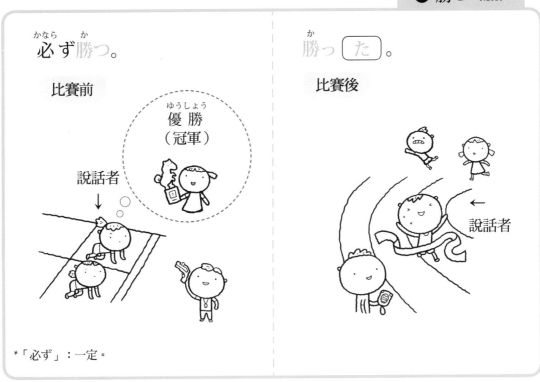

必ず勝つ。

勝っ た 。

比賽前

比賽後

優勝（冠軍）

說話者

說話者

*「必ず」：一定。

（我）一定要贏。

（我）贏了。

❸ 終わる（結束）

9時にコンサートが終わる。

さっきコンサートが終わっ た 。

演唱會現場

演唱會散場

pm 9:00

pm 9:10

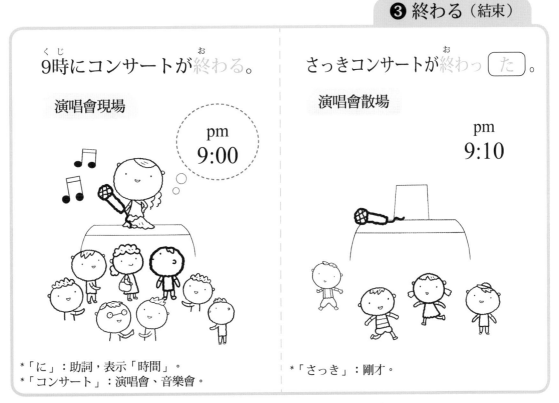

*「に」：助詞，表示「時間」。
*「コンサート」：演唱會、音樂會。

*「さっき」：剛才。

演唱會9點會結束。

演唱會剛才結束了。

5. 第一類動詞（動詞原形字尾 す）＋ た

- 【意義】：表示「已經、…了」，是熟識對象間使用的非正式語氣。

- 【字尾變化原則】： 要變化的部分 變成 し＋た

	不變化	要變化	→	不變化	し＋た
話す（說） →	話	す	→	話	し た（說了）
出す（寄出） →	出	す	→	出	し た（寄出了）
消す（熄滅） →	消	す	→	消	し た（熄滅了）

- 【情境範例】：對比 現在・過去 的使用差異

❶ 返す（歸還）

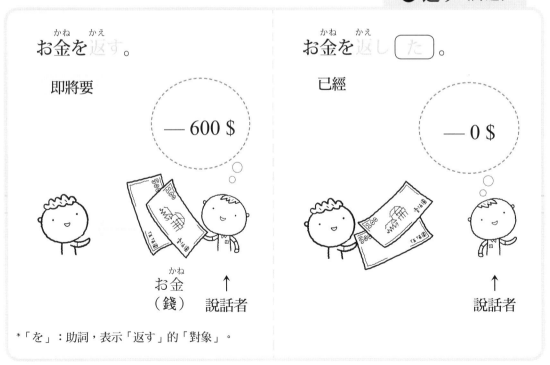

お金を返す。

即將要

— 600 $

お金
（錢）　　↑
　　　　說話者

お金を返した。

已經

— 0 $

↑
說話者

*「を」：助詞，表示「返す」的「對象」。

（我）還錢。

（我）還了錢。

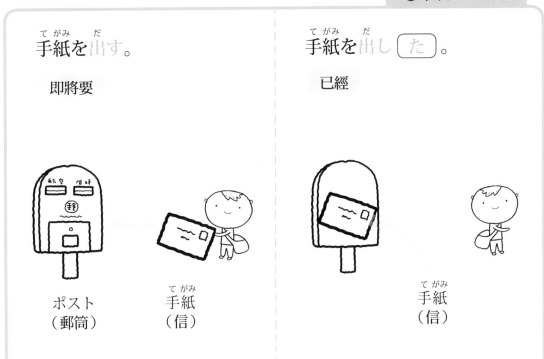

手紙を出す。

即將要

手紙を出した。

已經

ポスト
（郵筒）

手紙
（信）

手紙
（信）

（我）寄信。

（我）寄了信。

火を消す。

即將要

火を消した。

已經

↑
說話者

↑
說話者

（我）滅火。

（我）滅了火。

6. 第一類動詞（動詞原形字尾 く、ぐ）　＋　　た

- 【意義】：表示「已經、…了」，是熟識對象間使用的非正式語氣。

- 【字尾く的變化原則】：　要變化的部分　變成　い＋た

- 【字尾ぐ的變化原則】：　要變化的部分　變成　い＋だ

	不變化	要變化	→	不變化	い＋た
泣く（哭）　→	泣	く	→	泣	い　た（哭了）

	不變化	要變化	→	不變化	い＋だ
脱ぐ（脱掉）　→	脱	ぐ	→	脱	い　だ（脱掉了）
泳ぐ（游泳）　→	泳	ぐ	→	泳	い　だ（游泳了）

- 【情境範例】：對比　現在・過去　的使用差異

❶ 書く（寫）

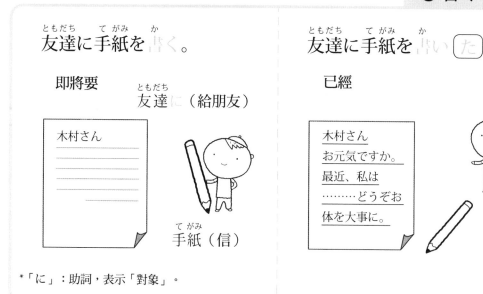

友達に手紙を書く。

　即將要　　友達に（給朋友）

　木村さん

　　　　　手紙（信）

*「に」：助詞，表示「對象」。

（我）寫信給朋友。

友達に手紙を書い　た　。

　已經

　木村さん
　お元気ですか。
　最近、私は
　………どうぞお
　体を大事に。

（我）寫了信給朋友。

脱^ぬぐ。

即將要

脱^ぬい だ 。

已經

コート
（外套）

*「コートを脱ぐ」：脱外套。

（我）要脱掉。

（我）脱掉了。

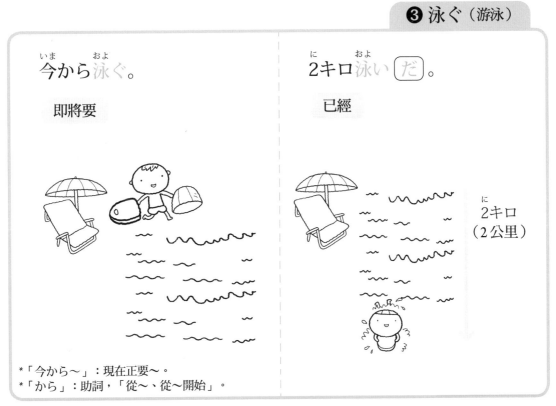

今^{いま}から泳^{およ}ぐ。

即將要

2キロ^に泳^{およ}い だ 。

已經

2キロ^に
（2公里）

*「今から～」：現在正要～。
*「から」：助詞，「從～、從～開始」。

（我）正要游泳。

（我）游了2公里。

7. 第一類動詞（動詞原形字尾 ぬ、む、ぶ） ＋ た

- 【意義】：表示「已經、…了」，是熟識對象間使用的非正式語氣。

- 【字尾變化原則】： 要變化的部分 變成 ん ＋ だ

	不變化	要變化	→	不變化	ん ＋ だ	
死ぬ（死亡）→	死	ぬ	→	死	ん	だ（死掉了）
休む（休息）→	休	む	→	休	ん	だ（休息了）
遊ぶ（玩耍）→	遊	ぶ	→	遊	ん	だ（玩耍了）

- 【情境範例】：對比 現在・過去 的使用差異

❶ 死ぬ（死亡）

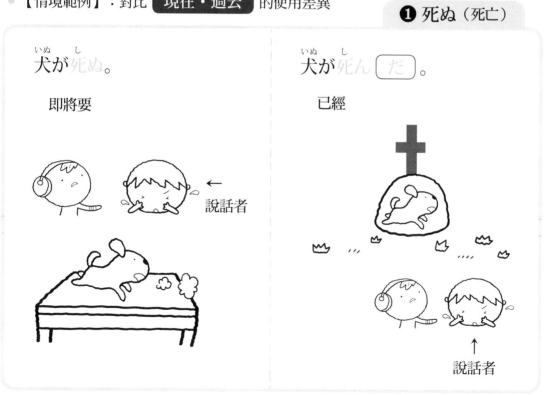

犬が 死ぬ。

即將要

← 說話者

犬が 死ん だ 。

已經

↑ 說話者

狗狗要死掉了。　　　　　　狗狗死掉了。

❷ 飲む（喝）

コーヒーを飲む。

即將要

コーヒー
（咖啡）

（我）要喝咖啡。

コーヒーを飲ん だ 。

已經

コーヒー
（咖啡）

（我）喝了咖啡。

❸ 呼ぶ（呼叫）

けいさつ　　よ
警察を呼ぶ。

即將要

（我）要報警。

けいさつ　　よ
警察を呼ん だ 。

已經

（我）已經報警了。

8. 第二類動詞（上一段＆下一段動詞）　＋　［　た　］

- 【意義】：表示「已經、…了」，是熟識對象間使用的非正式語氣。

- 【字尾變化原則】：　［　る　］　變成　［　た　］

	不變化	要變化	→	不變化	た
煮る　（煮）　→	に 煮	る	→	に 煮	た （煮了）
落ちる（掉落）→	お 落ち	る	→	お 落ち	た （掉落了）
出る　（出去）→	で 出	る	→	で 出	た （出去了）
遅れる（落後）→	おく 遅れ	る	→	おく 遅れ	た （落後了）

- 【情境範例】：對比　現在・過去　的使用差異

❶ 起きる（起身）

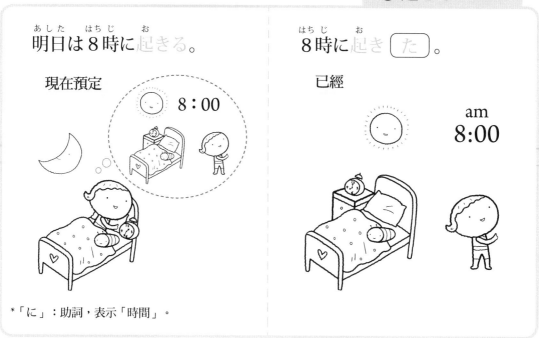

あした　はちじ　お
明日は8時に起きる。

現在預定

8：00

はちじ　お
8時に起き［た］。

已經

am
8:00

*「に」：助詞，表示「時間」。

（我）明天8點要起床。　　　　　　　（我）8點時起床了。

【**❷ 借りる（借入）**】

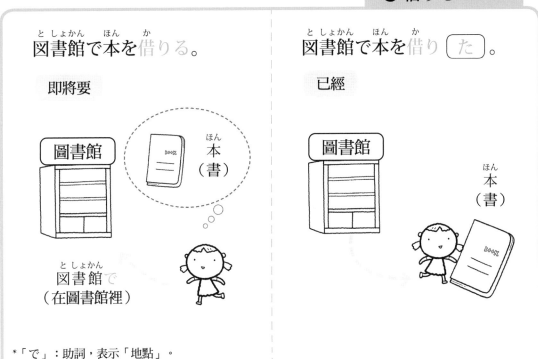

とし ょ かん　ほん　か
図書館で本を借りる。

即將要

とし ょ かん
図書館で
（在圖書館裡）

* 「で」：助詞，表示「地點」。

（我）要在圖書館借書。

とし ょ かん　ほん　か
図書館で本を借り　た　。

已經

（我）在圖書館借了書。

【**❸ 食べる（吃）**】

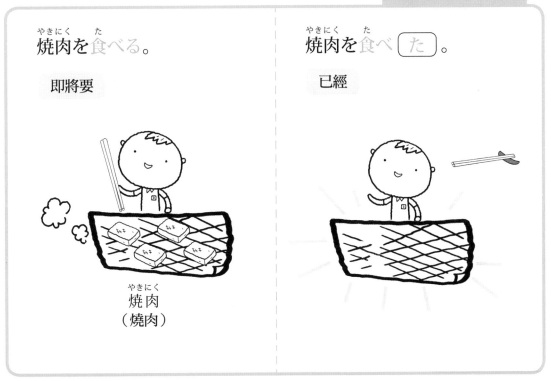

やきにく　た
焼肉を食べる。

即將要

やきにく
焼肉
（燒肉）

（我）要吃燒肉。

やきにく　た
焼肉を食べ　た　。

已經

（我）吃了燒肉。

9. 第三類動詞（来る、する、～する）＋ た

- 【意義】：表示「已經、…了」，是熟識對象間使用的非正式語氣。

- 【来る 的變化原則】： る 變成 た ＊注意：「来」要改變發音

- 【する、～する 的變化原則】： する 變成 した

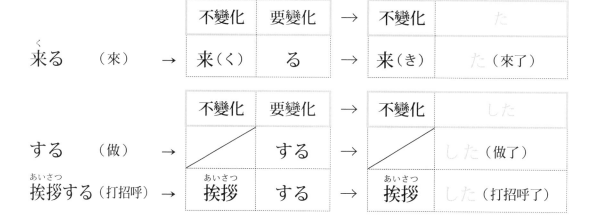

	不變化	要變化	→	不變化	た
来る　（來）　→	来（く）	る	→	来（き）	た（來了）

	不變化	要變化	→	不變化	した
する　（做）　→	／	する	→	／	した（做了）
挨拶する（打招呼）→	挨拶	する	→	挨拶	した（打招呼了）

- 【情境範例】：對比 現在・過去 的使用差異

❶ 来る（來）

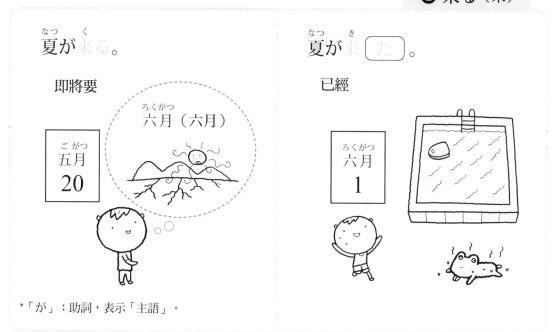

夏が来る。

即將要

六月（六月）

五月 20

夏が来 た 。

已經

六月 1

＊「が」：助詞，表示「主語」。

夏天要來了。　　　　　　　　　　夏天來了。

❷ 合格する（合格；錄取）

ぜったいごうかく
絶対合格する。

ごうかく
合格 した 。

考試前

考試後

とうだい
東大
（東京大學）

*「絶対」：絶對、一定。

（我）一定要考上。

（我）考上了。

❸ 引越しする（搬家）

あたら　　　　　　　ひっこ
新 しいうちに引越しする。

あたら　　　　　　　ひっこ
新 しいうちに引越し した 。

即將要

已經

あたら
新 しいうち
（新家）

あたら
新 しいうち
（新家）

いま
今のうち
（現在的家）

まえ
前のうち
（之前的家）

*「に」：助詞，表示「地點」。

（我）要搬到新家。

（我）搬到新家了。

關於【たい】的基本認識

意義

- 「たい形」用來表示「自己的希望」，表示「我想要做…」。
- 「たい形」不常用於詢問別人「你想要做…嗎」。
- 「たい形」的字尾變化方式跟「い形容詞」一樣。

適用對象＆場合

面對下列關係的人物及場合，適合用「たい」：

- 熟悉的朋友
- 家人
- 非正式場合

應對「陌生人、上司、正式場合」，使用「〜たいです」較恰當。

※「たい」之後加上「正式的斷定語氣：です」。

比較

「動詞原形」和「動詞たい形」的差異是：

【動詞原形】＝ 要去　　　　　　【動詞たい形】＝ 想要去

い
行く　　　　　　　　　　　　　　　　い
　　　　　　　　　　　　　　　　　行きたい

【動詞原形】可用於表示：　　　　【動詞たい形】可用於表示：

- 事實　　　　　　　　　　　　　- 自己想要做的事或行為
- 一般現象（例如：下雨、出太陽）
- 一般動作（例如：吃飯、睡覺）
- 將要發生的事或行為

時態

	現在式	過去式
肯定形	～たい 例 行きたい （想要去）	～たかった 例 行きたかった （當時想要去）
否定形	～たくない 例 行きたくない （不想去）	～たくなかった 例 行きたくなかった （當時不想去）

1. 第一類動詞（五段動詞） ＋ たい

● 【意義】：表示「我想要做…」。不常用於詢問別人「你想要做…嗎」。

● 【字尾變化原則】： 要變化的部分 變成 i 段音 ＋ たい

	不變化	要變化	→	不變化	i 段音 ＋ たい
歌う（唱歌） →	歌	う	→	歌	い たい（想要唱歌）
書く（寫） →	書	く	→	書	き たい（想要寫）
売る（賣） →	売	る	→	売	り たい（想要賣）

● 【情境範例】：對比 一般動作・表達願望 的使用差異

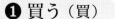

❶ 買う（買）

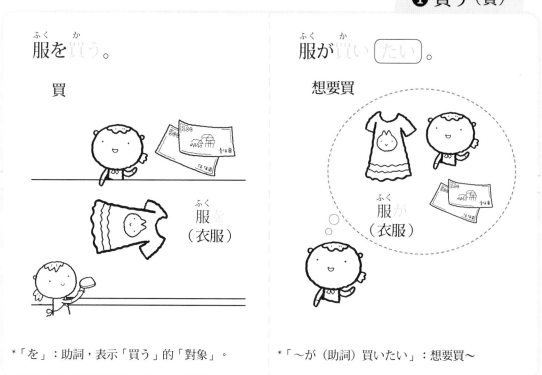

服を買う。

買

服を
（衣服）

*「を」：助詞，表示「買う」的「對象」。

（我）買衣服。

服が買いたい。

想要買

服が
（衣服）

*「～が（助詞）買いたい」：想要買～

（我）想要買衣服。

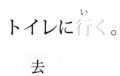

トイレに行く。

去

トイレに
（去廁所）

*「に」：助詞，表示「地點」。

（我）去上廁所。

トイレに行きたい。

想要去

トイレに
（去廁所）

（我）想要去上廁所。

ビールを飲む。

喝

ビールを
（啤酒）

*「を」：助詞，表示「飲む」的「對象」。

（我）喝啤酒。

ビールが飲みたい。

想要喝

ビールが
（啤酒）

*「〜が（助詞）飲みたい」：想要喝〜

（我）想要喝啤酒。

2. 第二類動詞（上一段＆下一段動詞）＋ たい

● 【意義】：表示「我想要做…」。不常用於詢問別人「你想要做…嗎」。

● 【字尾變化原則】： る 變成 たい

	不變化	要變化	→	不變化	たい
着る（穿）→	着	る	→	着	たい（想要穿）
信じる（相信）→	信じ	る	→	信じ	たい（想要相信）
出る（出去）→	出	る	→	出	たい（想要出去）
逃げる（逃跑）→	逃げ	る	→	逃げ	たい（想要逃跑）

● 【情境範例】：對比 一般動作・表達願望 的使用差異

❶ 見る（看）

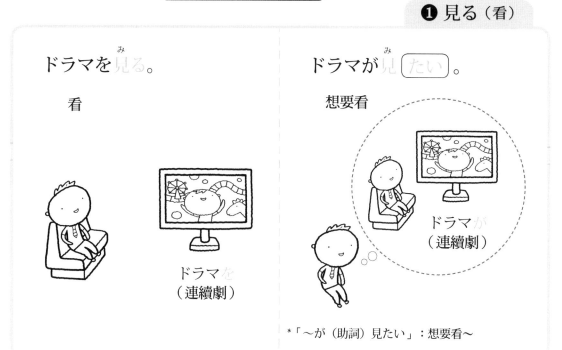

ドラマを見る。
看

ドラマが見たい。
想要看

ドラマを
（連續劇）

ドラマが
（連續劇）

*「～が（助詞）見たい」：想要看～

（我）看連續劇。　　　　　　　　　　（我）想要看連續劇。

ご飯を食べる。

吃

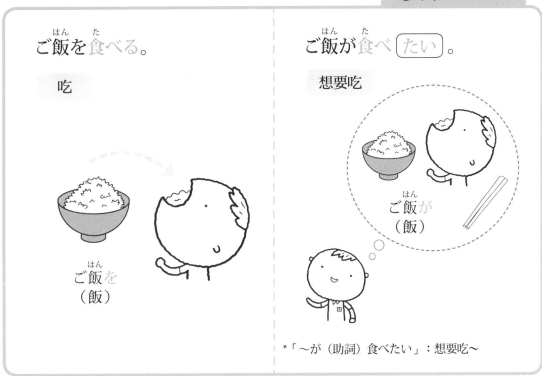

ご飯が食べ たい 。

想要吃

ご飯が
（飯）

ご飯を
（飯）

*「～が（助詞）食べたい」：想要吃～

（我）吃飯。　　　　　　　（我）想要吃飯。

息子に数学を教える。

教

息子に数学を教え たい 。

想要教

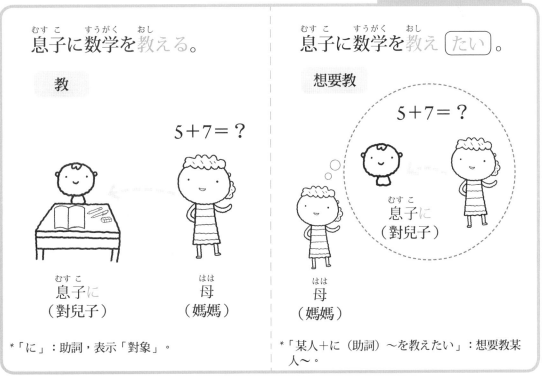

$5+7=?$

息子に
（對兒子）

母
（媽媽）

息子に
（對兒子）

母
（媽媽）

*「に」：助詞，表示「對象」。

*「某人＋に（助詞）～を教えたい」：想要教某
人～。

（我）教兒子數學。　　　　（我）想要教兒子數學。

103

表示【希望】：たい

MP3 030

3. 第三類動詞（来る、する、～する）＋ たい

- 【意義】：表示「我想要做…」。不常用於詢問別人「你想要做…嗎」。
- 【来る 的變化原則】： る 變成 たい ＊注意：「来」要改變發音
- 【する、～する 的變化原則】： する 變成 したい

	不變化	要變化	→	不變化	たい
来る（來） →	来（く）	る	→	来（き）	たい（想要來）

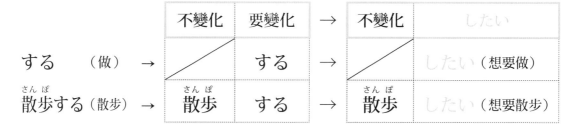

	不變化	要變化	→	不變化	したい
する（做） →		する	→		したい（想要做）
散歩する（散步） →	散歩	する	→	散歩	したい（想要散步）

- 【情境範例】：對比 一般動作・表達願望 的使用差異

❶ 来る（來）

台風が来る。

來

台湾（台灣）

台風（颱風）

このホテルにまた来 たい 。

想要來

○○ ホテル

（○○飯店）

＊「また」：再、又。

＊ 退房時如果很滿意住宿品質，可以對服務人員說
　這句話。對方通常會回應說：どうぞ、また来
　（き）てください。（歡迎再來）

颱風要來。　　　　　　　　　　　　（我）還想再來這家飯店。

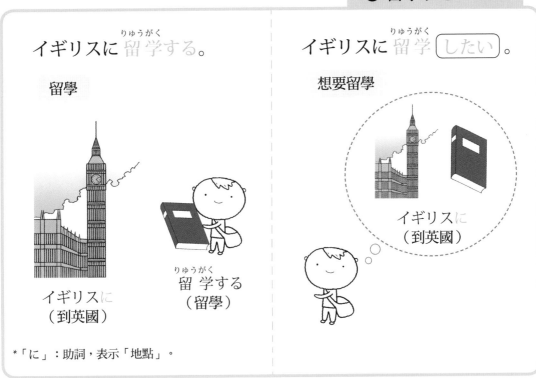

イギリスに 留学する。
りゅうがく

留學

イギリスに
（到英國）

留 学する
りゅうがく
（留學）

＊「に」：助詞・表示「地點」。

イギリスに 留学 したい 。
りゅうがく

想要留學

イギリスに
（到英國）

（我）到英國留學。　　　　　　　　（我）想要到英國留學。

❸ 紹介する（介紹）

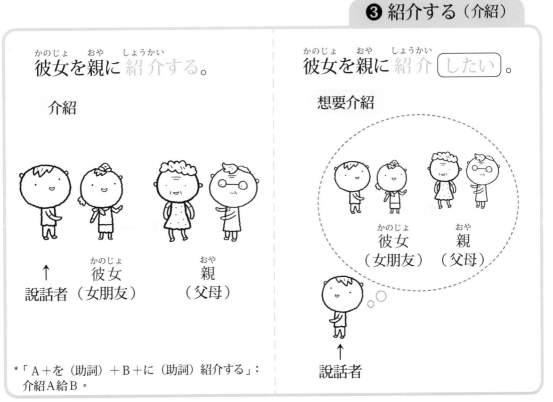

彼女を親に 紹介する。
かのじょ　おや　しょうかい

介紹

↑　　　彼女　　　　　親
說話者　（女朋友）　　（父母）
かのじょ　　　　おや

＊「A＋を（助詞）＋B＋に（助詞）紹介する」：
介紹A給B。

彼女を親に 紹介 したい 。
かのじょ　おや　しょうかい

想要介紹

彼女　　　　親
（女朋友）　（父母）
かのじょ　　　おや

↑
說話者

（我）介紹女朋友給父母。　　　　（我）想要介紹女朋友給父母。

關於【可能：れる／られる】的基本認識

意義

- 「れる／られる形」有下列兩種意思，本單元介紹第（1）種。
  （1）表示「可能」，表示「有能力做…」「可以做…」。
  （2）表示「被動」。有時候有「雖然不喜歡，卻被迫…」的意思。
- 表示「可能」時，正規的原則是「れる／られる」。但「第二類動詞」和「来る」
  也可以去掉「ら」，只說「れる」（詳細請參考本單元2、3）。

適用對象＆場合

面對下列關係的人物及場合，適合用「れる／られる」：
- 熟悉的朋友
- 家人
- 非正式場合

應對「陌生人、上司、正式場合」，使用「れます／られます」較恰當。

※「れる／られる」變成「表示禮儀」的「ます形」。

比較

「動詞原形」和「動詞れる／られる形」（可能）的差異是：

【動詞原形】＝ 開車去　　　　　　　【れる／られる形】＝ 20分鐘可到

くるま　い
車 で行く

にじゅっぷん　い
２０分で行ける

9：00　　　　9：20

【動詞原形】可用於表示：
- 事實
- 一般現象（例如：下雨、出太陽）
- 一般動作（例如：吃飯、睡覺）
- 將要發生的事或行為

【動詞れる／られる形】可用於表示：
- 有能力做的事或行為

【可能：れる/られる：字尾變化原則】總整理

詞類	詞彙	意義		不變化	字尾變化
第一類動詞	行く	（去）	→	行	ける
第二類動詞	見る	（看）	→	見	（ら）れる
第三類動詞	来る	（來）	→	来	（ら）れる
第三類動詞	する	（做）	→		できる

【被動：れる/られる：字尾變化原則】總整理

詞類	詞彙	意義		不變化	字尾變化
第一類動詞	叱る	（責罵）	→	叱	られる
第二類動詞	忘れる	（忘記）	→	忘れ	られる
第三類動詞	来る	（來）	→	来	られる
第三類動詞	する	（做）	→		される

表示【可能】：れる / られる

MP3 031

1. 第一類動詞（五段動詞） ＋ れる / られる

● 【意義】：表示「有能力做…」「可以做…」。

● 【字尾變化原則】： 要變化的部分 變成 e 段音 ＋ る

	不變化	要變化	→	不變化	e 段音 ＋ る
話す（說） →	話	す	→	話	せ る（可以說）
選ぶ（選擇） →	選	ぶ	→	選	べ る（可以選擇）
乗る（搭乘） →	乗	る	→	乗	れ る（可以搭乘）

● 【情境範例】：對比 原形・可能形 的使用差異

❶ 行く（去）

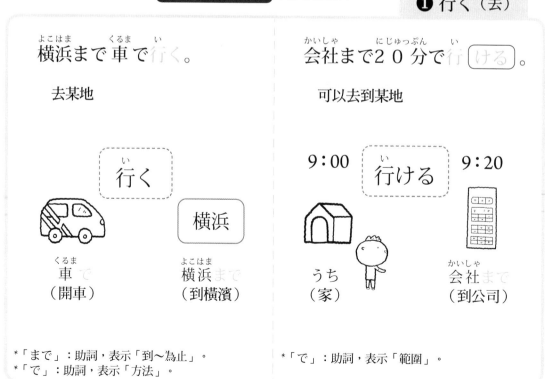

横浜まで車で行く。

去某地

車で
（開車）

横浜まで
（到橫濱）

会社まで２０分で行ける。

可以去到某地

9:00　行ける　9:20

うち
（家）

会社まで
（到公司）

*「まで」：助詞，表示「到〜為止」。
*「で」：助詞，表示「方法」。

（我）開車到橫濱。

*「で」：助詞，表示「範圍」。

20分鐘內，可以（去）到公司。

108

お茶_{ちゃ}を飲_のむ。

喝

20歳_{はたち}になったのでお酒_{さけ}が飲_の　める 。

（被允許）可以喝

×
15 歳

○
20 歳

お茶_{ちゃ}を
（茶）

飲_の
む

お酒_{さけ}が
（酒）

飲_のめる

*「名詞＋に（助詞）なった（變成了）ので（因為）」：
因為變成了～，所以～。
*「名詞＋が（助詞）＋動詞可能形」：可以、能夠～。

（我）喝茶。

已經20歲了，所以可以喝酒。

一人_{ひとり}で帰_{かえ}る。

回去

息子_{むすこ}は一人_{ひとり}で帰_{かえ}　れる 。

有能力回去

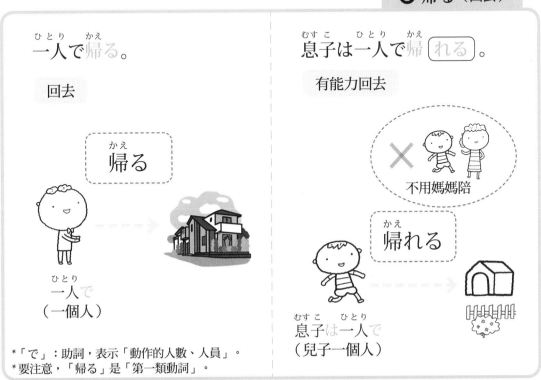

帰_{かえ}る

×
不用媽媽陪

帰_{かえ}れる

一人_{ひとり}で
（一個人）

息子_{むすこ}は一人_{ひとり}で
（兒子一個人）

*「で」：助詞，表示「動作的人數、人員」。
*要注意，「帰る」是「第一類動詞」。

（我）一個人回去。

（我）兒子可以一個人回去。

2. 第二類動詞（上一段＆下一段動詞） ＋ れる / られる

● 【意義】：表示「有能力做…」「可以做…」。

● 【字尾變化原則】： る 變成 （ら）れる ＊「ら」可以省略

	不變化	要變化	→	不變化	（ら）れる
見る （看） →	見	る	→	見	（ら）れる（可以看見）
生きる（存活）→	生き	る	→	生き	（ら）れる（可以存活）
出る （出去）→	出	る	→	出	（ら）れる（可以出去）
換える（交換）→	換え	る	→	換え	（ら）れる（可以交換）

● 【情境範例】：對比 原形・可能形 的使用差異

❶ 見る（看）

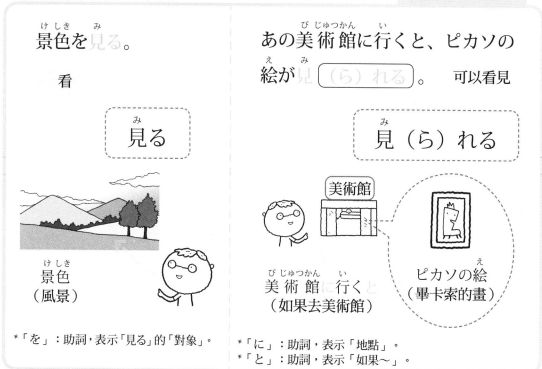

景色を見る。

看

見る

景色
（風景）

あの美術館に行くと、ピカソの
絵が見（ら）れる。 可以看見

見（ら）れる

美術館

美術館に行くと
（如果去美術館）

ピカソの絵
（畢卡索的畫）

＊「を」：助詞，表示「見る」的「對象」。

＊「に」：助詞，表示「地點」。
＊「と」：助詞，表示「如果～」。

（我）看風景。

如果去那間美術館，可以看到畢卡索的畫。

朝<ruby>朝<rt>あさ</rt></ruby>6<ruby>時<rt>じ</rt></ruby>に<ruby>起<rt>お</rt></ruby>きる。

起床

起<ruby>お<rt></rt></ruby>きる

6：00

<ruby>朝<rt>あさ</rt></ruby>6<ruby>時<rt>ろくじ</rt></ruby>に
（在早上6點）

*「に」：助詞，表示「時間」。

（我）早上6點起床。

<ruby>息子<rt>むすこ</rt></ruby>はもう<ruby>自分<rt>じぶん</rt></ruby>で<ruby>起<rt>お</rt></ruby>き （ら）れる 。

能夠起床

起<ruby>お<rt></rt></ruby>き（ら）れる

<ruby>自分<rt>じぶん</rt></ruby>で
（自己獨自）

*「もう」：已經。
*「で」：助詞，表示「動作的人數、人員」。

兒子已經能夠自行起床。

ステーキを<ruby>食<rt>た</rt></ruby>べる。

吃

食<ruby>た<rt></rt></ruby>べる

ステーキ
（牛排）

（我）吃牛排。

<ruby>納豆<rt>なっとう</rt></ruby>が<ruby>食<rt>た</rt></ruby>べ （ら）れる 。

能夠吃、敢吃

食<ruby>た<rt></rt></ruby>べ（ら）れる

× ○

*「～が（助詞）食べ（ら）れる」：敢吃～

（我）敢吃納豆。

111

3. 第三類動詞（来る、する、〜する）＋ れる / られる

- 【意義】：表示「有能力做…」「可以做…」。
- 【来る 的變化原則】： る 變成 （ら）れる ＊「来」要改變發音，「ら」可以省略。
- 【する、〜する 的變化原則】： する 變成 できる

	不變化	要變化	→	不變化	（ら）れる
来る（來） →	来（く）	る	→	来（こ）	（ら）れる（可以來）

	不變化	要變化	→	不變化	できる
する（做） →	/	する	→	/	できる（可以做）
退院する（出院） →	退院	する	→	退院	できる（可以出院）

- 【情境範例】：對比 原形・可能形 的使用差異

❶ 来る（來）

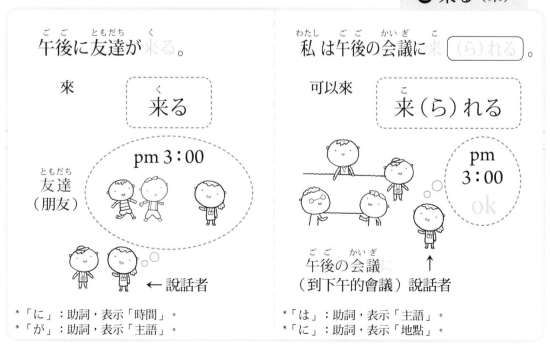

午後に友達が来る。

來 → 来る

pm 3：00

友達（朋友）

←說話者

＊「に」：助詞，表示「時間」。
＊「が」：助詞，表示「主語」。

下午朋友要來。

私は午後の会議に来（ら）れる。

可以來 → 来（こ）（ら）れる

pm 3：00　ok

午後の会議に（到下午的會議）說話者

＊「は」：助詞，表示「主語」。
＊「に」：助詞，表示「地點」。

下午的會議我可以來（參加）。

しゃいんしょくどう しょくじ
社員食堂で 食事する。

吃飯

食事する

しゃいんしょくどう
社員食堂で
（在員工餐廳）

＊「で」：助詞，表示「地點」。

（我）在員工餐廳吃飯。

しゃいんしょくどう しょくじ
社員食堂で 食事 できる 。

可以吃飯

食事できる

公司設有…

社員食堂

しゃいんしょくどう
社員食堂で
（在員工餐廳）

（我）可以在員工餐廳吃飯。

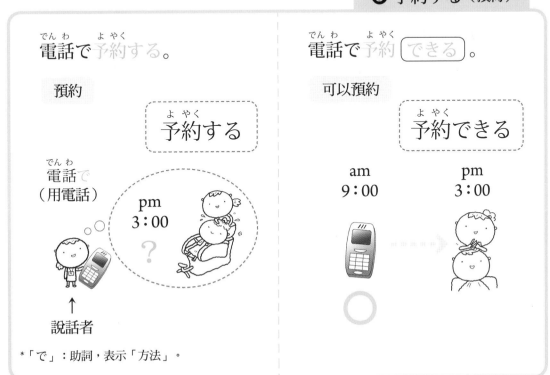

でん わ よ やく
電話で 予約する。

預約

よ やく
予約する

でん わ
電話で
（用電話）

pm
3:00

?

↑
說話者

＊「で」：助詞，表示「方法」。

（我）用電話預約。

でん わ よ やく
電話で 予約 できる 。

可以預約

よ やく
予約できる

am
9:00

pm
3:00

可以用電話預約。

關於【被動：れる／られる】的基本認識

意義

- 「れる／られる形」有下列兩種意思，本單元介紹第（2）種。
  （1）表示「可能」，表示「有能力做…」「可以做…」。
  （2）表示「被動」。有時候有「雖然不喜歡，卻被迫…」的意思。

適用對象＆場合

面對下列關係的人物及場合，適合用「れる／られる」：
- 熟悉的朋友
- 家人
- 非正式場合

應對「陌生人、上司、正式場合」，使用「れます／られます」較恰當。

※「れる／られる」變成「表示禮儀」的「ます形」。

比較

「動詞原形」和「動詞れる／られる形」（被動）的差異是：

【動詞原形】＝ 責罵	【れる／られる形】＝ 被責罵

しか
叱る

しか
叱られる

【動詞原形】可用於表示：

- 事實
- 一般現象（例如：下雨、出太陽）
- 一般動作（例如：吃飯、睡覺）
- 將要發生的事或行為

【動詞れる／られる形】可用於表示：

- 被動接受的事或行為
- 被迫接受的事或行為

【被動：れる / られる：字尾變化原則】總整理

詞類	詞彙	意義		不變化	字尾變化
第一類動詞	叱る ^{しか}	（責罵）	→	叱 ^{しか}	られる
第二類動詞	忘れる ^{わす}	（忘記）	→	忘れ ^{わす}	られる
第三類動詞	来る ^く	（來）	→	来 ^こ	られる
第三類動詞	する	（做）	→		される

【可能：れる / られる：字尾變化原則】總整理

詞類	詞彙	意義		不變化	字尾變化
第一類動詞	行く ^い	（去）	→	行 ^い	ける
第二類動詞	見る ^み	（看）	→	見 ^み	（ら）れる
第三類動詞	来る ^く	（來）	→	来 ^こ	（ら）れる
第三類動詞	する	（做）	→		できる

表示【被動】：れる / られる

1. 第一類動詞（五段動詞） ＋ れる / られる

- 【意義】：表示「被動」。有時候有「雖然不喜歡，卻被迫…」的意思。

- 【字尾變化原則】： 要變化的部分 變成 a 段音 ＋ れる

	不變化	要變化	→	不變化	a 段音 ＋ れる
笑う（笑） →	笑	う	→	笑	わ　れる （被笑）
噛む（咬） →	噛	む	→	噛	ま　れる （被咬）
叱る（責罵） →	叱	る	→	叱	ら　れる （被責罵）

- 【情境範例】：對比 主動・被動 的使用差異

❶ 拾う（撿拾）

友達は子猫を拾う。

主動

友達は

拾う

子猫を
（小貓）

*「は」：助詞，表示「主語」。
*「を」：助詞，表示「拾う」的「對象」。

朋友要撿拾小貓。

子猫は友達に拾われる。

被動

友達に

拾われる

子猫は
（小貓）

*「某人＋に（助詞）＋動詞被動形」：被某人～

小貓會被朋友撿拾。

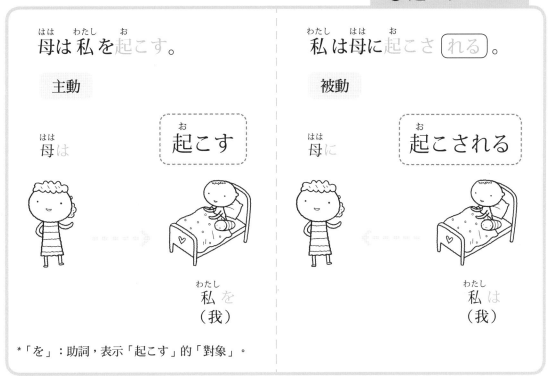

母は私を起こす。

主動

母は　起こす

私を
（我）

*「を」：助詞，表示「起こす」的「對象」。

媽媽會叫醒我。

私は母に起こされる。

被動

母に　起こされる

私は
（我）

我會被媽媽叫醒。

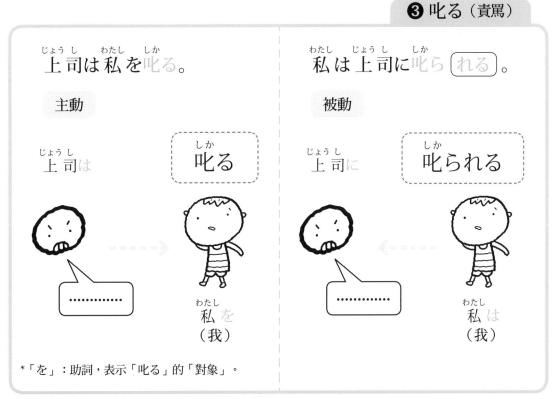

上司は私を叱る。

主動

上司は　叱る

私を
（我）

*「を」：助詞，表示「叱る」的「對象」。

上司會責罵我。

私は上司に叱られる。

被動

上司に　叱られる

私は
（我）

我會被上司責罵。

2. 第二類動詞（上一段＆下一段動詞）＋ れる / られる

- 【意義】：表示「被動」。有時候有「雖然不喜歡，卻被迫…」的意思。

- 【字尾變化原則】： る 變成 られる

	不變化	要變化	→	不變化	られる
見る（看） →	見	る	→	見	られる（被看）
閉じる（關閉） →	閉じ	る	→	閉じ	られる（被關閉）
出る（退出、出去） →	出	る	→	出	られる（被退出）
忘れる（忘記） →	忘れ	る	→	忘れ	られる（被忘記）

- 【情境範例】：對比 主動・被動 的使用差異　　❶ 見る（看、注視）

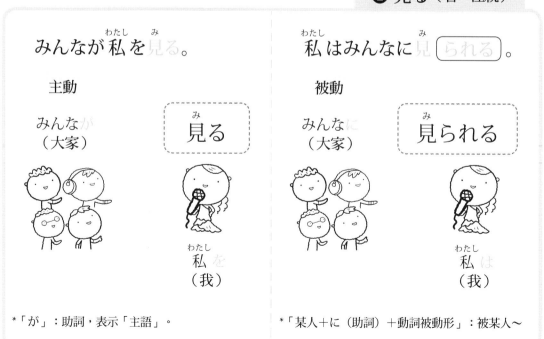

みんなが私を見る。

主動

みんなが
（大家）

見る

私を
（我）

*「が」：助詞，表示「主語」。

私はみんなに見られる。

被動

みんなに
（大家）

見られる

私は
（我）

*「某人＋に（助詞）＋動詞被動形」：被某人～

大家會注視我。　　　　　　　　　　我會被大家注視。

猫は魚を食べる。

主動

猫は

食べる

魚を
（魚）

*「を」：助詞，表示「食べる」的「對象」。

貓會吃魚。

魚は猫に食べられる。

被動

猫に

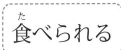
食べられる

魚は
（魚）

魚會被貓吃。

先生は私を褒める。

主動

先生は

褒める

Good!

私を
（我）

*「を」：助詞，表示「褒める」的「對象」。

老師會誇獎我。

私は先生に褒められる。

被動

先生に

褒められる

Good!

私は
（我）

我會被老師誇獎。

表示【被動】：れる／られる

3. 第三類動詞（来る、する、～する） ＋ れる／られる

- 【意義】：表示「被動」。有時候有「雖然不喜歡，卻被迫…」的意思。
- 【来る 的變化原則】： る 變成 られる ＊注意：「来」要改變發音
- 【する、～する 的變化原則】： する 變成 される

	不變化	要變化	→	不變化	られる
来る（來）→	来（く）	る	→	来（こ）	られる（被迫接受…來）

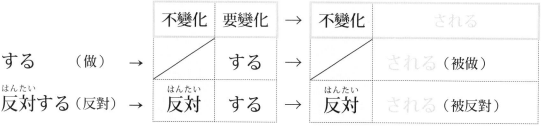

	不變化	要變化	→	不變化	される
する（做）→	/	する	→	/	される（被做）
反対する（反對）→	反対	する	→	反対	される（被反對）

- 【情境範例】：對比 **主動・被動（被迫接受）** 的使用差異

❶ 来る（來）

深夜に友達が来る。

主動

友達が 来る

深夜に友達に来られる。

被迫接受

友達に 来られる

＊「に」：助詞，表示「時間」。

＊「来られる」：被迫接受對方來。有「感到困擾」的意思。

深夜時朋友要來。

朋友會在三更半夜時來。

ともだち わたし しんぱい
友達は 私を 心配する。

主動

ともだち
友達は

しんぱい
心配する

わたし
私を
（我）

*「を」：助詞，表示「心配する」的「對象」。

朋友會擔心我。

わたし　ともだち　しんぱい
私は友達に 心配 される 。

被動

ともだち
友達に

しんぱい
心配される

わたし
私は
（我）

*「某人＋に（助詞）＋動詞被動形」：被某人～

我會被朋友擔心／我會讓朋友擔心。

かのじょ わたし かんしゃ
彼女は 私に 感謝する。

主動

かのじょ
彼女は

かんしゃ
感謝する

謝謝

わたし
私に
（對我）

*「に」：助詞，表示「對象」。

她會感謝我。

わたし　かのじょ　かんしゃ
私は彼女に 感謝 される 。

被動

かのじょ
彼女に

かんしゃ
感謝される

謝謝

わたし
私は
（我）

我會被她感謝／我會得到她的感謝。

121

關於【せる／させる】的基本認識

意義

- 「せる／させる形」表示「要求某人做…」「叫某人做…」。
- 常用於：雙方地位平等，或某一方地位較高。
- 慣用的文型是：某人＋に＋【他動詞】。某人＋を＋【自動詞】。

適用對象＆場合

面對下列關係的人物及場合，適合用「せる／させる」：

- 熟悉的朋友
- 家人
- 非正式場合

應對「陌生人、上司、正式場合」，使用「せます／させます」較恰當。

※「せる／させる」變成「表示禮儀」的「ます形」。

比較

「動詞原形」和「動詞せる／させる形」（使役）的差異是：

【動詞原形】＝ 我去	【せる／させる形】＝ 叫我去

い
行く

【動詞原形】可用於表示：

- 事實
- 一般現象（例如：下雨、出太陽）
- 一般動作（例如：吃飯、睡覺）
- 將要發生的事或行為

い
行かせる

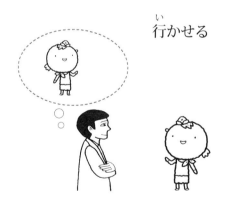

【動詞せる／させる形】可用於表示：

- 要求某人做的事或行為
- 叫某人做的事或行為

【せる / させる：字尾變化原則】總整理

詞類	詞彙	意義		不變化	字尾變化
第一類動詞	休^{やす}む	（休息）	→	休^{やす}	ませる
第二類動詞	着^きる	（穿）	→	着^き	させる
第三類動詞	来^くる	（來）	→	来^こ	させる
第三類動詞	する	（做）	→		させる

1. 第一類動詞（五段動詞）　＋　せる / させる

* 【意義】：（1）表示「要求某人做…」「叫某人做…」。
　　　　　　（2）慣用的文型是：某人＋に＋他動詞、某人＋を＋自動詞。

* 【字尾變化原則】：　要變化的部分　變成　a 段音 ＋ せる

	不變化	要變化	→	不變化	a 段音 ＋ せる
行く（去）　→	行	く	→	行	か せる（要求某人去）
休む（休息）　→	休	む	→	休	ま せる（要求某人休息）
言う（說）　→	言	う	→	言	わ せる（要求某人說）

* 【情境範例】：對比　**自己主動・別人要求**　的使用差異　　❶ 行く（去）

私 は本社に行く。

自己主動

私 は

行く

本社に
（到總公司）

*「に」：助詞，表示「地點」。

上司は 私 を本社に行か せる 。

別人要求

行かせる

上司は　　私 を

*「行く」是「自動詞」，所以用「私を」。

　我要去總公司。　　　　　　　　　　　上司要我去總公司。

子供は本を読む。

自己主動

子供は

読む

本を
（書）

*「を」：助詞，表示「読む」的「對象」。

小孩子讀書。

彼は子供に本を読ま せる 。

別人要求

読ませる

彼は　　　子供に

*「読む」是「他動詞」，所以用「子供に」。

他要小孩子讀書。

私は教室に残る。

自己主動

残る

私は

教室に
（在教室）

*「に」：助詞，表示「地點」。

我要留在教室。

先生は私を教室に残ら せる 。

別人要求

残らせる

先生は　　　私を

*「残る」是「自動詞」，所以用「私を」。

老師要我留在教室。

2. 第二類動詞（上一段＆下一段動詞）　＋　せる／させる

- 【意義】：（1）表示「要求某人做…」「叫某人做…」。
　　　　　　（2）慣用的文型是：某人＋に＋他動詞、某人＋を＋自動詞。

- 【字尾變化原則】：　る　變成　させる

	不變化	要變化	→	不變化	させる
着る（穿）→	着	る	→	着	させる（要求某人穿）
閉じる（關閉）→	閉じ	る	→	閉じ	させる（要求某人關閉）
出る（出去）→	出	る	→	出	させる（要求某人出去）
答える（回答）→	答え	る	→	答え	させる（要求某人回答）

- 【情境範例】：對比　自己主動・別人要求　的使用差異　❶ 着る（穿）

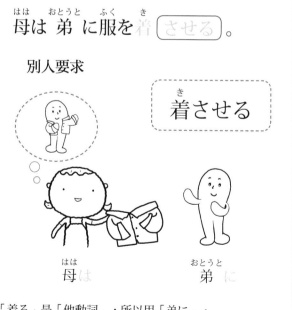

弟は服を着る。

自己主動

弟は　着る

母は弟に服を着させる。

別人要求

着させる

母は　弟に

*「着る」是「他動詞」，所以用「弟に」。

弟弟穿衣服。　　　　　媽媽要弟弟穿衣服。

私はＤＶＤを借りる。

自己主動

私は

借りる

ＤＶＤを

我要借DVD。

兄は私にＤＶＤを借り させる 。

別人要求

借りさせる

兄は　　　私に

*「借りる」是「他動詞」，所以用「私に」。

哥哥要我借DVD。

山田さんは書類を片付ける。

自己主動

山田さんは

片付ける

書類を
（文件）

山田先生要整理文件。

上司は山田さんに書類を片付け させる 。

別人要求

片付けさせる

上司は　　　山田さんに

*「片付ける」是「他動詞」，所以用「山田さんに」。

上司要山田先生整理文件。

3. 第三類動詞（来る、する、～する） ＋ せる / させる

- 【意義】：（1）表示「要求某人做…」「叫某人做…」。
  （2）慣用的文型是：某人＋に＋他動詞、某人＋を＋自動詞。

- 【来る 的變化原則】： る 變成 させる ＊注意：「来」要改變發音

- 【する、～する 的變化原則】： する 變成 させる

来る（來） →	不變化	要變化	→	不變化	させる
	来（く）	る	→	来（こ）	させる（要求某人來）

	不變化	要變化	→	不變化	させる
する（做） →	/	する	→	/	させる（要求某人做…）
説明する（説明） →	説明	する	→	説明	させる（要求某人説明）

- 【情境範例】：對比 自己主動・別人要求 的使用差異

❶ 来る（來）

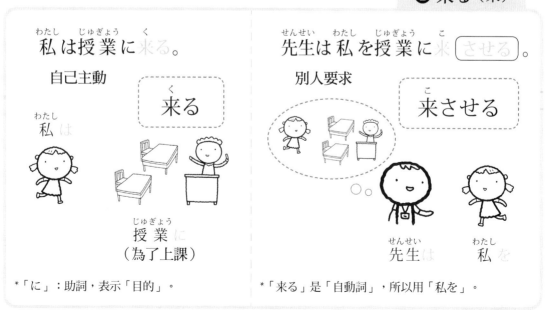

私は授業に来る。

自己主動

来る

私は

授業に

（為了上課）

＊「に」：助詞，表示「目的」。

我要來上課。

先生は私を授業に来させる。

別人要求

来させる

先生は　　私を

＊「来る」是「自動詞」，所以用「私を」。

老師要我來上課。

❷ 電話する（打電話）

私は電話する。
<small>わたし　でんわ</small>

自己主動

私は
<small>わたし</small>

電話する
<small>でん　わ</small>

*「電話する」是「電話をする」省略「を」。
*「する」是「他動詞」，所以右邊使役說法使用「私に」。

我要打電話。

上司は私に電話 させる 。
<small>じょうし　わたし　でんわ</small>

別人要求

電話させる
<small>でん　わ</small>

上司は　　　私に
<small>じょうし</small>　　　<small>わたし</small>

上司要我打電話。

❸ 買い物する（買東西）

私は買い物する。
<small>わたし　か　もの</small>

自己主動

私は
<small>わたし</small>

買い物する
<small>か　もの</small>

*「買い物する」是「買い物をする」省略「を」。
*「する」是「他動詞」，所以右邊使役說法使用「私に」。

我要買東西。

母は私に買い物 させる 。
<small>はは　わたし　か　もの</small>

別人要求

買い物させる
<small>か　もの</small>

母は　　　私に
<small>はは</small>　　　<small>わたし</small>

媽媽要我買東西。

129

關於【傳聞：そうだ】的基本認識

意義

- 「そうだ」有下列兩種意思，本單元介紹第（1）種。
  - （1）表示「傳聞」，表示「聽說是…」「據說是…」。
  - （2）表示「看起來好像…的樣子」。

適用對象＆場合

面對下列關係的人物及場合，適合用「そうだ」：
- 熟悉的朋友
- 家人
- 非正式場合

應對「陌生人、上司、正式場合」，使用「そうです」較恰當。

※「そうだ」變成「正式的斷定語氣：です」的型態。

比較

「原形」和「そうだ形」（傳聞）的差異是：

【原形】＝ 好吃	【そうだ形】＝ 聽說好吃
おいしい	おいしいそうだ

好吃

【い形容詞：原形】可用於表示：

- 事實
- 一般現象

【い形容詞：そうだ形】可用於表示：

- 聽（別人）說的事或現象

【傳聞：そうだ：字尾變化原則】總整理

詞類	詞彙	意義		不變化	字尾變化
名詞	日本人 にほんじん	（日本人）	→	日本人 にほんじん	だそうだ
い形容詞	おいしい	（好吃的）	→	おいしい	そうだ
な形容詞	上手（だ） じょうず	（拿手的）	→	上手 じょうず	だそうだ
第一類動詞	会う あ	（見面）	→	会う あ	そうだ
第二類動詞	見る み	（看）	→	見る み	そうだ
第三類動詞	来る く	（來）	→	来る く	そうだ
第三類動詞	する	（做）	→	する	そうだ

1. 名詞 ＋ そうだ

- 【意義】：表示「聽說是…、據說是…」。

- 【字尾變化原則】： 名詞 ＋だ ＋そうだ

名詞	＋ だ ＋ そうだ
社長（社長） →	社長 だ そうだ（聽說是社長）
学生（學生） →	学生 だ そうだ（聽說是學生）
日本人（日本人） →	日本人 だ そうだ（聽說是日本人）

- 【情境範例】：對比 事實・傳聞 的使用差異

❶ 高校生（高中生）

私は高校生だ。

事實

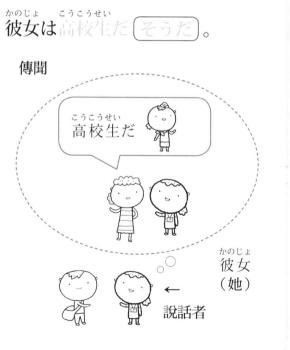

彼女は高校生だ そうだ 。

傳聞

高校生だ

我是高中生。

聽（別人）說她是高中生。

❷ 会社員（公司職員）

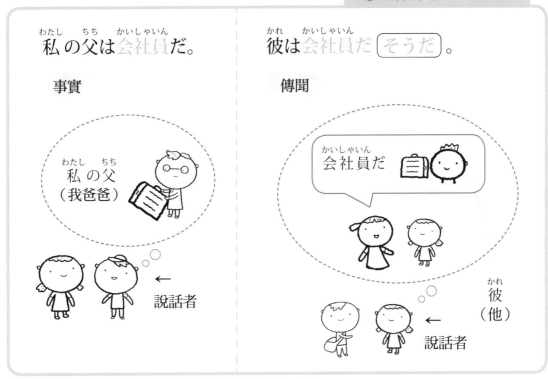

我爸爸是公司職員。　　　　　　　　　聽（別人）說他是公司職員。

❸ 雨（雨）

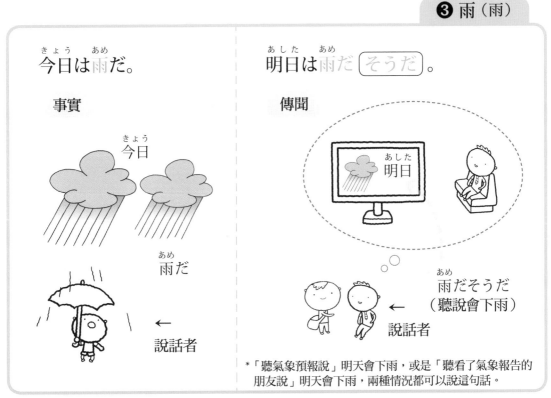

*「聽氣象預報說」明天會下雨，或是「聽看了氣象報告的
　朋友說」明天會下雨，兩種情況都可以說這句話。

今天下雨。　　　　　　　　　　　　　聽（氣象預報、別人）說明天會下雨。

133

2. い形容詞 ＋ [そうだ]

● 【意義】：表示「聽說是…、據說是…」。

● 【字尾變化原則】： [い形容詞] 直接加上 [そうだ]

	い形容詞	＋ そうだ
優^{やさ}しい（溫柔的） →	優^{やさ}しい	そうだ（聽說是溫柔的）
新^{あたら}しい（新的） →	新^{あたら}しい	そうだ（聽說是新的）
忙^{いそが}しい（忙碌的） →	忙^{いそが}しい	そうだ（聽說是忙碌的）

● 【情境範例】：對比 **事實・傳聞** 的使用差異

❶ おいしい（好吃的）

このケーキはおいしい。

事實

說話者吃過，知道
這個蛋糕好吃。

← 說話者

* 除了以前吃過覺得好吃，這句話也適用於：正在
　吃蛋糕時，對身旁的朋友說。

這個蛋糕很好吃。

このケーキはおいしい [そうだ]。

傳聞

好吃

← 說話者

說話者沒吃過，聽別人說
這個蛋糕好吃。

聽（別人）說這個蛋糕很好吃。

この本は面白い。

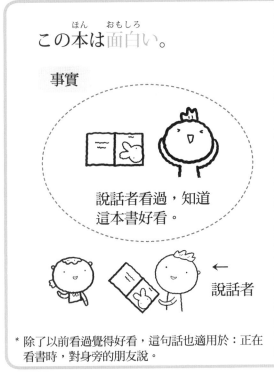

事實

說話者看過，知道
這本書好看。

← 說話者

* 除了以前看過覺得好看，這句話也適用於：正在
看書時，對身旁的朋友說。

這本書很有趣。

この本は面白い そうだ 。

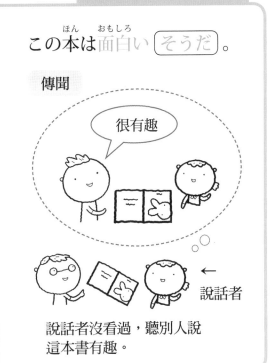

傳聞

很有趣

← 說話者

說話者沒看過，聽別人說
這本書有趣。

聽（別人）說這本書很有趣。

私は今週は忙しい。

事實

說話者預先知道
本周會很忙。

← 說話者

*除了預先知道本周會很忙，這句話也適用於：正
在忙碌時，有感而發地對身旁的人說。

這個星期我會很忙。

彼は最近忙しい そうだ 。

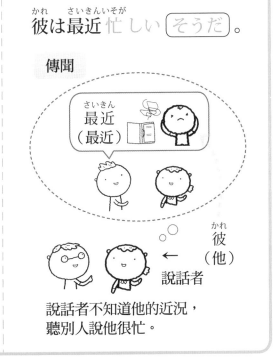

傳聞

最近
（最近）

彼
（他）

← 說話者

說話者不知道他的近況，
聽別人說他很忙。

聽（別人）說他最近很忙。

3. な形容詞 ＋ そうだ

- 【意義】：表示「聽說是…、據說是…」。

- 【字尾變化原則】： な形容詞 ＋だ ＋そうだ

な形容詞	＋ だ ＋ そうだ		
綺麗	だ	そうだ	（聽說是漂亮的）
立派	だ	そうだ	（聽說是華麗的）
簡単	だ	そうだ	（聽說是簡單的）

綺麗（だ）（漂亮的） → 綺麗（きれい）

立派（だ）（華麗的） → 立派（りっぱ）

簡単（だ）（簡單的） → 簡単（かんたん）

- 【情境範例】：對比 事實・傳聞 的使用差異

❶ 上手（だ）（擅長的、拿手的）

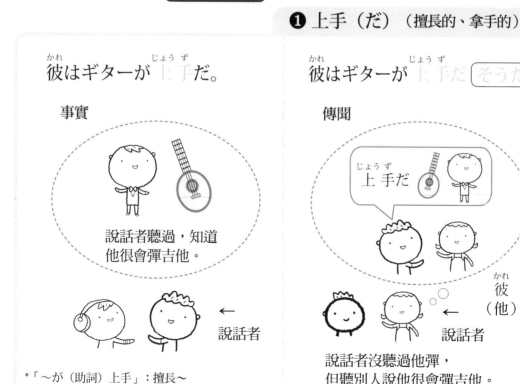

彼（かれ）はギターが上手（じょうず）だ。

事實

說話者聽過，知道
他很會彈吉他。

說話者

*「〜が（助詞）上手」：擅長〜

他很會彈吉他。

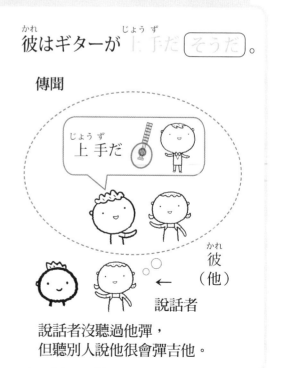

彼（かれ）はギターが上手（じょうず）だ そうだ。

傳聞

上手（じょうず）だ

彼（かれ）
（他）

說話者

說話者沒聽過他彈，
但聽別人說他很會彈吉他。

聽（別人）說他很會彈吉他。

❷ 便利（だ）（方便的）

たいわん　エムアールティー　べんり
台湾のＭＲＴは便利だ。

たいわん　エムアールティー　べんり
台湾のＭＲＴは便利だ そうだ 。

事實

傳聞

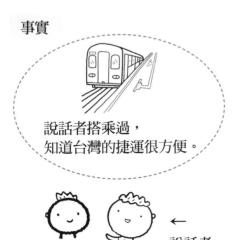

べんり
便利だ

說話者搭乗過，
知道台灣的捷運很方便。

← 說話者

說話者

* 這句話也適用於：正在台灣搭捷運，覺得捷運很
　方便時，有感而發地說。

說話者沒搭乗過，但聽別人說台灣的
捷運很方便。

台灣的捷運很方便。

聽（別人）說台灣的捷運很方便。

❸ 簡単（だ）（簡單的）

もんだい　かんたん
この問題は簡単だ。

し かくし けん　かんたん
その資格試験は簡単だ そうだ 。

事實

傳聞

$5+7=12$

XX 證照

かんたん
簡単だ

說話者曾經答對，
或是一看就知道如何作答。

 ← 說話者

說話者

*「この」：這個～。連體詞，後面要接名詞。

說話者沒應考過，
但聽別人說很簡單。

這個問題很簡單。

聽（別人）說那個證照考試很簡單。

4. 第一類動詞（五段動詞） ＋ そうだ

● 【意義】：表示「聽說…、據說…」。

● 【字尾變化原則】： 第一類動詞 直接加上 そうだ

	第一類動詞	＋ そうだ
会う（見面） →	会う	そうだ （聽說要見面）
行く（去） →	行く	そうだ （聽說要去）
帰る（回去） →	帰る	そうだ （聽說要回去）

● 【情境範例】：對比 事實・傳聞 的使用差異

❶ 会う（見面）

彼は駅前で午後3時に友達に
会う。 事實

pm 3:00

說話者知道，他要和朋友見面這件事。

彼（他）
←
說話者

彼は駅前で午後3時に友達に
会う そうだ 。 傳聞

pm 3:00

彼（他）
←
說話者

說話者不知道他要和朋友見面這件事，是聽別人說的。

*「で」：助詞，表示「地點」。
*「某人＋に（助詞）会う」：跟某人碰面。

他下午3點要和朋友在車站前碰面。

聽（別人）說他下午3點要和朋友在車站前碰面。

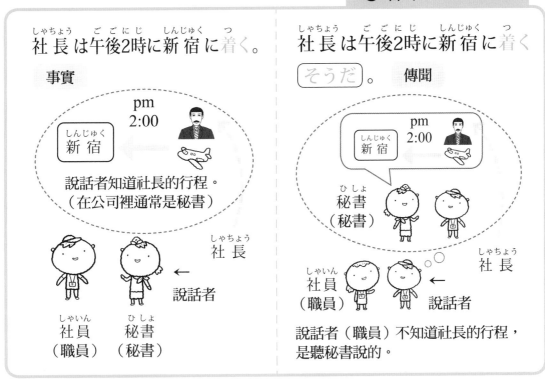

社長下午2點會抵達新宿。　　　　　　　聽（秘書）說社長下午2點會抵達新宿。

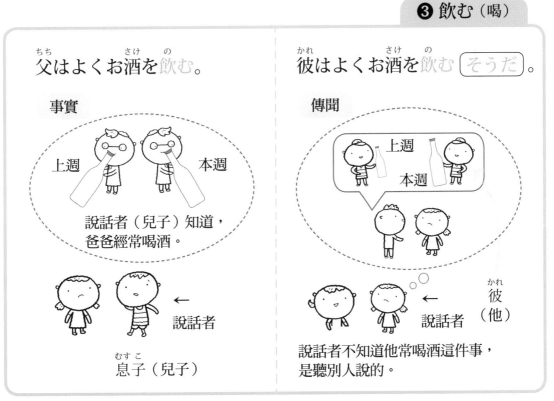

我爸爸常常喝酒。　　　　　　　　　聽（別人）說他常常喝酒。

5. 第二類動詞（上一段＆下一段動詞）　＋　そうだ

- 【意義】：表示「聽說⋯、據說⋯」。

- 【字尾變化原則】：　第二類動詞　直接加上　そうだ

第二類動詞	＋ そうだ
着^きる	そうだ （聽說要穿）
借^かりる	そうだ （聽說要借入）
出^でる	そうだ （聽說要出去）
離^{はな}れる	そうだ （聽說要離開）

着^きる　（穿）　→　着^きる

借^かりる（借入）　→　借^かりる

出^でる　（出去）　→　出^でる

離^{はな}れる（離開）　→　離^{はな}れる

- 【情境範例】：對比 **事實・傳聞** 的使用差異

❶ 見る（看）

私^{わたし}は毎朝^{まいあさ}ＮＨＫのニュースを見^みる。　事實

月曜日^{げつようび}〜日曜日^{にちようび}
（星期一〜星期日）

說話者說明自己的生活方式。

← 說話者

*「ニュース」：新聞。

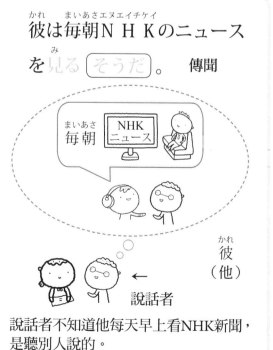

彼^{かれ}は毎朝^{まいあさ}ＮＨＫのニュースを見^みる そうだ 。　傳聞

毎朝^{まいあさ} NHK ニュース

彼^{かれ}（他）

← 說話者

說話者不知道他每天早上看NHK新聞，是聽別人說的。

我每天早上看NHK新聞。　　　　聽（別人）說他每天早上都看NHK新聞。

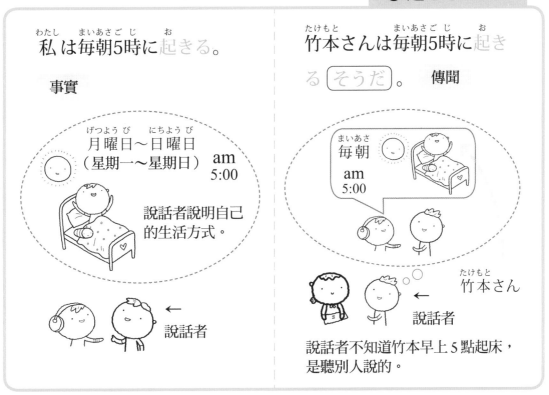

私 は毎朝5時に起きる。

事實

月曜日〜日曜日
（星期一〜星期日）
am 5:00

說話者說明自己
的生活方式。

← 說話者

竹本さんは毎朝5時に起きる [そうだ]。　傳聞

毎朝
am
5:00

竹本さん

← 說話者

說話者不知道竹本早上5點起床，
是聽別人說的。

我每天早上5點起床。　　　　　　　聽（別人）說竹本先生每天早上5點起床。

私 は日本語検定を受ける。

事實

N1

說話者說明自己
將要做的事。

← 說話者

彼女は日本語検定を受ける
[そうだ]。　傳聞

N1

彼女
（她）

← 說話者

說話者不知道她要參加日檢考試，
是聽別人說的。

我要參加日檢考試。　　　　　　　聽（別人）說她要參加日檢考試。

6. 第三類動詞（来る、する、～する） + そうだ

- 【意義】：表示「聽說…、據說…」。

- 【字尾變化原則】： 第三類動詞 直接加上 そうだ

第三類動詞		+ そうだ
来る （來） →	来る	そうだ（聽說要來）
する （做） →	する	そうだ（聽說要做）
転校する（轉學） →	転校する	そうだ（聽說要轉學）

- 【情境範例】：對比 事實・傳聞 的使用差異

❶ 来る（來）

午後から社長が来る。

事實

会社（公司）

說話者知道社長要來。

社長

說話者

社員 秘書
（職員）（秘書）

*「午後から」：從下午開始，指社長進公司後會待上一段時間。

社長下午要來。

午後から社長が来る そうだ 。

傳聞

午後

秘書
（秘書）

社員
（職員）

社長

說話者

說話者（職員）不知道社長要來，是聽秘書說的。

聽（秘書）說社長下午要來。

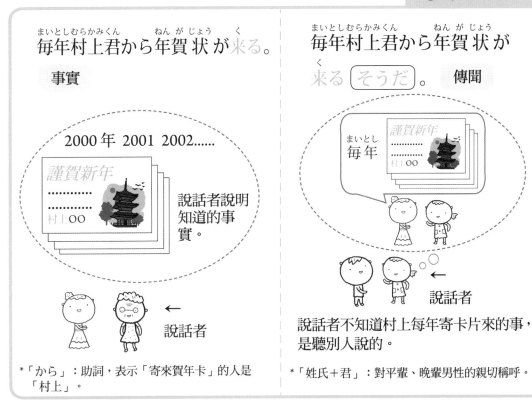

村上每年都會寄賀年卡來。　　　　　聽（別人）說村上每年都會寄賀年卡來。

❸ 食事する（吃飯）

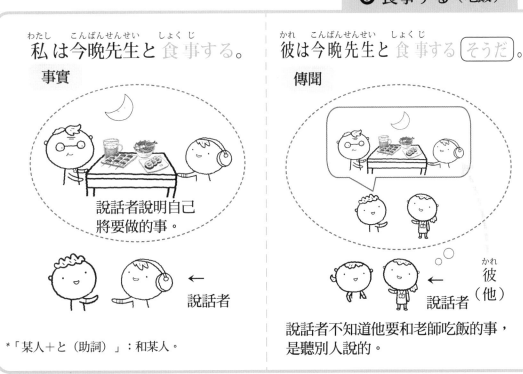

我今晚要和老師吃飯。　　　　　聽（別人）說他今晚要和老師吃飯。

關於【樣態：そうだ】的基本認識

- 「そうだ」有下列兩種意思，本單元介紹第（2）種。
  （1）表示「傳聞」，表示「聽說是…」「據說是…」。
  （2）表示「看起來好像…的樣子」。

適用對象＆場合

面對下列關係的人物及場合，適合用「そうだ」：
- 熟悉的朋友
- 家人
- 非正式場合

應對「陌生人、上司、正式場合」，使用「そうです」較恰當。

※「そうだ」變成「正式的斷定語氣：です」的型態。

比較

「原形」和「そうだ形」（樣態）的差異是：

【原形】＝ 好吃	【そうだ形】＝ 看起來好像好吃
おいしい	おいしそうだ

【い形容詞：原形】可用於表示：

- 事實
- 一般現象

【い形容詞：そうだ形】可用於表示：

- 看起來好像…的樣子或現象

【樣態：そうだ：字尾變化原則】總整理

詞類	詞彙	意義		不變化	字尾變化
名詞	※「名詞」不能接續「表示樣態的 そうだ」				
い形容詞	おいしい	（好吃的）	→	おいし	そうだ
な形容詞	幸_{しあわ}せ（だ）	（幸福的）	→	幸_{しあわ}せ	そうだ
第一類動詞	泣_なく	（哭）	→	泣_な	きそうだ
第二類動詞	倒_{たお}れる	（倒下）	→	倒_{たお}れ	そうだ
第三類動詞	来_くる	（來）	→	来_き	そうだ
第三類動詞	する	（做）	→	/	しそうだ

1. い形容詞 ＋ 〔 そうだ 〕

● 【意義】：表示「看起來好像…的樣子」。

● 【字尾變化原則】： 〔 要變化的部分 〕 變成 〔 そうだ 〕

	不變化	要變化	→	不變化	そうだ
軽い（輕的）→	軽	い	→	軽	そうだ（看起來好像很輕）
重い（重的）→	重	い	→	重	そうだ（看起來好像很重）
辛い（辣的）→	辛	い	→	辛	そうだ（看起來好像很辣）

● 【情境範例】：對比 〔 事實・看起來好像… 〕 的使用差異

❶ おいしい（好吃的）

この店のケーキはおいしい。　　　　　この店のケーキはおいしそうだ。

事實　　　　　　　　　　　　　　　看起來好像…

〔○○蛋糕店〕

說話者吃過，知道
這間店的蛋糕好吃。

說話者沒吃過，但「看起來覺得」
這間店的蛋糕好像很好吃。

* 除了以前吃過覺得好吃，這句話也適用於：正在　　*「この」：這個〜。連體詞，後面要接名詞。
店裡吃蛋糕時，對身旁的朋友說。

這間店的蛋糕很好吃。　　　　　　　　這間店的蛋糕看起來好像很好吃。

この車は高い。
（くるま　たか）

事實

售價 $2,500,000

↑
說話者

說話者看到價格覺得貴，
或是光看牌子就知道這輛車很貴，
都可以說這句話。

這輛車很貴。

この車は高そうだ。
（くるま　たか）

看起來好像…

↑
說話者

說話者不知道車的價格，
但「看起來覺得」這輛車子好像很貴。

這輛車看起來好像很貴。

彼は今忙しい。
（かれ　いまいそが）

事實

說話者知道，
他現在很忙。

←
說話者

彼
（他）
（かれ）

*「今」：現在。

他現在很忙。

彼は忙しそうだ。
（かれ　いそが）

看起來好像…

←
說話者

彼
（他）
（かれ）

說話者不知道實際情形，
但「看起來覺得」他好像很忙。

他看起來好像很忙。

2. な形容詞 ＋ そうだ

- 【意義】：表示「看起來好像…的樣子」。

- 【字尾變化原則】： な形容詞 直接加上 そうだ

な形容詞	＋ そうだ
楽（らく）	楽（らく）そうだ（看起來好像很輕鬆）
新鮮（しんせん）	新鮮（しんせん）そうだ（看起來好像很新鮮）
便利（べんり）	便利（べんり）そうだ（看起來好像很方便）

楽（らく）（だ）（輕鬆的） →

新鮮（しんせん）（だ）（新鮮的） →

便利（べんり）（だ）（方便的） →

- 【情境範例】：對比 事實・看起來好像… 的使用差異

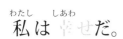

❶ 幸せ（だ）（幸福的）

私（わたし）は 幸（しあわ）せだ。	彼女（かのじょ）は 幸（しあわ）せ そうだ 。
事實	看起來好像…

私（わたし）

← 說話者

說話者說明自己的狀況。

我很幸福。

彼女（かのじょ）（她）

說話者 →

說話者不知道實際情形，
但「看起來覺得」她好像很幸福。

她看起來好像很幸福。

かれ　しんせつ
彼は親切だ。

事實

說話者認識他，知道他是個
體貼、為別人著想的人。

かれ
彼
（他）

← 說話者

かれ　しんせつ
彼は親切 そうだ 。

看起來好像…

かれ
彼
（他）

→ 說話者

說話者可能不認識他、或跟他不熟，
但「看到他讓座，覺得他好像」是個
體貼、為別人著想的人。

他很體貼、為別人著想。

他看起來好像是個會為別人著想的人。

らく
このアルバイトは楽だ。

事實

說話者做過，知道這是個
輕鬆的打工工作。

このアルバイト
（這個打工工作）

← 說話者

らく
このアルバイトは楽 そうだ 。

看起來好像…

このアルバイト
（這個打工工作）

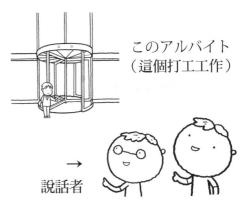

→ 說話者

說話者沒做過，但「看到這樣的工作
內容，覺得好像」是個輕鬆的工作。

這個打工工作很輕鬆。

這個打工工作看起來好像很輕鬆。

3. 第一類動詞（五段動詞） + そうだ

● 【意義】：表示「看起來好像…的樣子」。

● 【字尾變化原則】： 要變化的部分 變成 i段音 + そうだ

	不變化	要變化	→	不變化	i段音 + そうだ
咲く（盛開）→	咲	く	→	咲	き そうだ（看起來好像要盛開）
怒る（生氣）→	怒	る	→	怒	り そうだ（看起來好像要生氣）
喜ぶ（開心）→	喜	ぶ	→	喜	び そうだ（看起來好像很開心）

● 【情境範例】：對比 事實、一般現象・看起來好像… 的使用差異

❶ 泣く（哭泣）

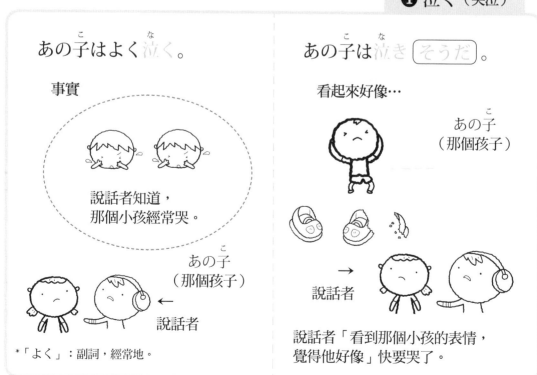

あの子はよく泣く。

事實

說話者知道，
那個小孩經常哭。

あの子
（那個孩子）

← 說話者

*「よく」：副詞，經常地。

あの子は泣き そうだ 。

看起來好像…

あの子
（那個孩子）

→ 說話者

說話者「看到那個小孩的表情，
覺得他好像」快要哭了。

那個小孩經常哭。　　　　　　　　　那個小孩看起來好像要哭了。

❷ ぶつかる（撞）

くるま　かべ
車 が壁にぶつかる。

一般現象

くるま
車
（汽車）

かべ
壁に
（接觸到牆壁）

指「車子撞牆」這樣的一般現象。

＊「～に（助詞）ぶつかる」：撞上～。

車子撞牆壁。

くるま　かべ
車 が壁にぶつかり そうだ 。

看起來好像…

指「眼看著車子就要撞牆了」的情況。

車子看起來好像要撞到牆壁。

❸ 降る（降下）

あめ　ふ
雨が降る。

一般現象

指「下雨」這樣的一般現象。

＊ 日語的「動詞原形」可用於表示：
 1. 事實。
 2. 一般現象（例如：下雨、出太陽）。
 3. 一般動作（例如：吃飯、睡覺）。
 4. 將要發生的事或行為。
❷❸都是屬於用法 2。

下雨。

あめ　ふ
雨が降り そうだ 。

看起來好像…

指「眼看著就要下雨了」的情況。

看起來好像要下雨。

151

4. 第二類動詞（上一段 & 下一段動詞） + そうだ

● 【意義】：表示「看起來好像…的樣子」。

● 【字尾變化原則】： 要變化的部分 變成 そうだ

	不變化	要變化	→	不變化	そうだ
煮る（煮） →	煮	る	→	煮	そうだ（看起來好像要煮）
足りる（足夠） →	足り	る	→	足り	そうだ（看起來好像足夠）
出る（出去） →	出	る	→	出	そうだ（看起來好像要出去）
壊れる（壞掉） →	壊れ	る	→	壊れ	そうだ（看起來好像要壞掉）

● 【情境範例】：對比 事實、一般現象・看起來好像… 的使用差異

❶ できる（能夠、有能力）

彼は仕事がよくできる。

事實

說話者可能和他共事過，
知道他的工作能力很好。

彼
（他）

說話者

彼は仕事がよくでき そうだ。

看起來好像…

彼
（他）

說話者

說話者不知道實際情形，
但「看他的樣子，覺得他好像」
工作能力很好。

*「仕事」：工作。
*「よくできる」：做得好。

他的工作能力很好。　　　　　　　　　　　他看起來好像工作能力很好。

かばんが落ちる。

一般現象

指「包包掉下來」這樣的一般現象。

* 用「動詞原形」表示「一般現象」，可參考：
 ［樣態］そうだ 3 ―❸。

包包掉落。

かばんが落ち そうだ 。

看起來好像…

かばん
（包包）

指「眼看著包包好像要掉下來」的情況。

包包看起來好像要掉下來。

木が倒れる。

一般現象

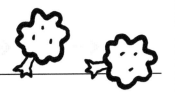

指「樹木倒下」這樣的一般現象。

* 用「動詞原形」表示「一般現象」。

樹木倒下。

木が倒れ そうだ 。

看起來好像…

木
（樹木）

指「眼看著樹木好像要倒了」的情況。

樹木看起來好像要倒了。

5. 第三類動詞（来る、する、〜する） ＋ そうだ

- 【意義】：表示「看起來好像…的樣子」。
- 【来る 的變化原則】： る 變成 そうだ ＊注意：「来」要改變發音
- 【する、〜する 的變化原則】： する 變成 し＋そうだ

	不變化	要變化	→	不變化	そうだ
来る （來） →	来（く）	る	→	来（き）	そうだ（看起來好像要來）

	不變化	要變化	→	不變化	し＋そうだ
する （做） →	／	する	→	／	しそうだ（看起來要做）
喧嘩する（吵架）→	喧嘩	する	→	喧嘩	しそうだ（看起來好像要吵架）

- 【情境範例】：對比 一般現象・看起來好像… 的使用差異

❶ 来る（來）

台風が来る。

一般現象

台風
（颱風）

台湾

指「颱風來襲」這樣的一般現象。

＊用「動詞原形」表示「一般現象」。

台風が来そうだ。

看起來好像…

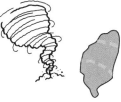

可能路徑1

可能路徑2

可能路徑3

指「看著颱風路徑預測圖，
覺得颱風好像要來襲」的情況。

颱風來襲。　　　　　　　　　　　　看起來颱風好像要來襲。

りこん
離婚する。

一般現象

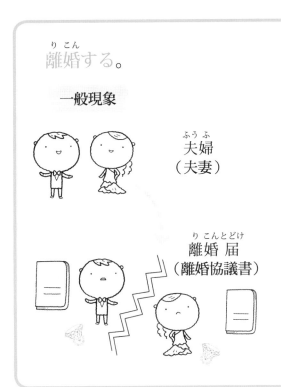

ふうふ
夫婦
（夫妻）

りこんとどけ
離婚 届
（離婚協議書）

ふたり　りこん
あの二人は離婚し そうだ 。

看起來好像…

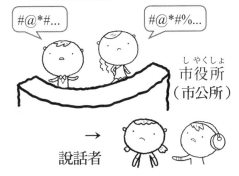

#@*#…　　　#@*#%…

しゃくしょ
市役所
（市公所）

→

說話者

說話者不知道實際情形，
但「看那兩人在市公所櫃台吵架的
樣子，覺得他們好像」要離婚。

*「あの二人」：那兩個人。

離婚。　　　　　　　　　　　那兩個人看起來好像要離婚。

かいしゃ　ちこく
会社に遅刻する。

一般現象

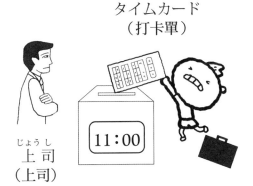

タイムカード
（打卡單）

じょうし
上司
（上司）

11：00

指「上班遲到」這樣的一般現象。

*「〜に遅刻する」：對〜遲到。

かいしゃ　ちこく
会社に遅刻し そうだ 。

看起來好像…

9：05

8：50

指「搭捷運時眼看著已經快要9點，
上班好像要遲到了」的情況。

上班遲到。　　　　　　　　　看起來上班好像要遲到了。

關於【ようだ】的基本認識

意義

- 「ようだ」表示「看到某種現象或狀況，經過判斷後，覺得好像是…的樣子，但事實可能未必如此，事實可能並非像自己想像的樣子」。

適用對象＆場合

面對下列關係的人物及場合，適合用「ようだ」：

- 熟悉的朋友
- 家人
- 非正式場合

應對「陌生人、上司、正式場合」，使用「ようです」較恰當。

※「ようだ」變成「正式的斷定語氣：です」的型態。

比較

「原形」和「ようだ形」（比況）的差異是：

【原形】＝ 好吃	【ようだ形】＝ 判斷好像好吃，但有可能不是
おいしい	おいしいようだ

【い形容詞：原形】可用於表示：

- 事實
- 一般現象

【い形容詞：ようだ形】可用於表示：

- 看到某種現象或狀況，經過判斷後覺得好像是…的樣子，但可能並非如此

【ようだ：字尾變化原則】總整理

詞類	詞彙	意義	不變化　字尾變化
名詞	外国人（がいこくじん）	（外國人）	→	外国人（がいこくじん） のようだ （＝外国人みたいだ）
い形容詞	おいしい	（好吃的）	→	おいしい ようだ （＝おいしいみたいだ）
な形容詞	幸せ（しあわ）（だ）	（幸福的）	→	幸せ（しあわ） なようだ （＝幸せみたいだ）
第一類動詞	降る（ふ）	（降下）	→	降る（ふ） ようだ （＝降るみたいだ）
第二類動詞	出かける（で）	（出門）	→	出かける（で） ようだ （＝出かけるみたいだ）
第三類動詞	来る（く）	（來）	→	来る（く） ようだ （＝来るみたいだ）
第三類動詞	する	（做）	→	する ようだ （＝するみたいだ）

● 「みたいだ」是「ようだ」較口語的說法，接續「名詞」和「な形容詞」時，不需要「の」和「な」。

表示【比況】：ようだ

1. 名詞 ＋ ようだ

- 【意義】：看到某種現象或狀況，經過判斷後，覺得好像是…的樣子，但事實可能未必如此。

- 【字尾變化原則】： 名詞 ＋の ＋ようだ

名詞	＋の ＋ ようだ
<ruby>学生<rt>がくせい</rt></ruby> （學生） → <ruby>学生<rt>がくせい</rt></ruby>	の ようだ （經過判斷後覺得好像是學生，但有可能不是）
<ruby>芸術家<rt>げいじゅつか</rt></ruby>（藝術家） → <ruby>芸術家<rt>げいじゅつか</rt></ruby>	の ようだ （經過判斷後覺得好像是藝術家，但有可能不是）
<ruby>日本料理店<rt>にほんりょうりてん</rt></ruby>（日本料理店）→ <ruby>日本料理店<rt>にほんりょうりてん</rt></ruby>	の ようだ （經過判斷後覺得好像是日本料理店，但有可能不是）

- 【情境範例】：對比 **事實・經過判斷後好像是…** 的使用差異

❶ サラリーマン（上班族）

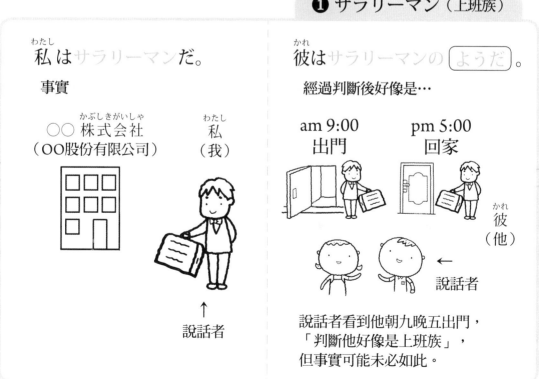

<ruby>私<rt>わたし</rt></ruby>はサラリーマンだ。

事實

○○<ruby>株式会社<rt>かぶしきがいしゃ</rt></ruby>（OO股份有限公司） <ruby>私<rt>わたし</rt></ruby>（我）

↑ 說話者

<ruby>彼<rt>かれ</rt></ruby>はサラリーマンの ようだ 。

經過判斷後好像是…

am 9:00 出門　　pm 5:00 回家

<ruby>彼<rt>かれ</rt></ruby>（他）

← 說話者

說話者看到他朝九晚五出門，「判斷他好像是上班族」，但事實可能未必如此。

我是上班族。　　他好像是上班族。* 但有可能不是

かれ　　　がいこくじん
彼は外国人だ。

あの人は外国人の　ようだ 。
ひと　　　　　　　がいこくじん

事實

經過判斷後好像是⋯

說話者知道，
他是外國人。

かれ
彼
（他）

　　　← 說話者

あの人
（那個人）
ひと

　→
說話者

說話者看到那個人留著鬍子，
「判斷他好像是外國人」，
但事實可能未必如此。

他是外國人。

那個人好像是外國人。＊但有可能不是

あの店はイタリア料理店だ。
みせ　　　　　　　　りょうりてん

事實

あの店はイタリア料理店の
みせ　　　　　　　　りょうりてん

　ようだ 。 經過判斷後好像是⋯

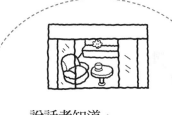

說話者知道，
那間店是義大利餐廳。

あの店
（那間店）
みせ

　　　← 說話者

Fracasso
餐廳

あの店
（那間店）
みせ

義大利文？

　→
說話者

說話者看到店名好像是義大利文，
「判斷那間店好像是義大利餐廳」，
但事實可能未必如此。

那間店是義大利餐廳。

那間店好像是義大利餐廳。＊但有可能不是

159

2. い形容詞 ＋ ようだ

- 【意義】：看到某種現象或狀況，經過判斷後，覺得好像是…的樣子，但事實可能未必如此。

- 【字尾變化原則】： い形容詞 直接加上 ようだ

	い形容詞	＋ ようだ
忙しい（忙碌的）→	忙しい	ようだ （經過判斷後覺得好像很忙，但有可能不是）
おいしい（好吃的）→	おいしい	ようだ （經過判斷後覺得好像很好吃，但有可能不是）
面白い（有趣的）→	面白い	ようだ （經過判斷後覺得好像很有趣，但有可能不是）

- 【情境範例】：對比 事實・經過判斷後好像是… 的使用差異

❶ おいしい（好吃的）

この店のケーキは おいしい。

事實

說話者吃過，知道這間店的蛋糕好吃。

○○蛋糕店

說話者 ←

* 除了以前吃過覺得好吃，這句話也適用於：正在店裡吃蛋糕時，對身旁的朋友說。

這間店的蛋糕很好吃。

この店のケーキは おいしい ようだ。

經過判斷後好像是…

→

說話者

說話者看到店內很多人都點蛋糕吃，「判斷這間店的蛋糕好像很好吃」，但事實可能未必如此。

這間店的蛋糕好像很好吃。 * 但有可能不是

この漫画は面白い。

事實

説話者看過，知道這本漫畫好看。

← 說話者

この漫画（這本漫畫）

* 除了以前看過覺得好看，這句話也適用於：正在看漫畫時，對身旁的朋友說。

這本漫畫很有趣。

あの漫画は面白い ようだ 。

經過判斷後好像是…

哈〜哈〜哈〜

あの漫画
（那本漫畫）
→ 說話者

說話者看到有人看漫畫時哈哈大笑，
「判斷那本漫畫好像很有趣」，
但事實可能未必如此。

那本漫畫好像很有趣。*但有可能不是

私は今忙しい。

事實

私
（我）
← 說話者

說話者說明自己目前的狀態。

我現在很忙。

彼は最近忙しい ようだ 。

經過判斷後好像是…

am 5:00
出門

pm 12:00
回家

彼
（他）

→ 說話者

說話者看到他最近早出晚歸，
「判斷他最近好像很忙」，
但事實可能未必如此。

他最近好像很忙。*但有可能不是

3. な形容詞 ＋ ようだ

● 【意義】：看到某種現象或狀況，經過判斷後，覺得好像是…的樣子，但事實可能未必如此。

● 【字尾變化原則】： な形容詞 ＋な ＋ようだ

な形容詞	＋ な ＋ ようだ
しあわ 幸せ	しあわ 幸せ な ようだ（經過判斷後覺得好像很幸福，但有可能不是）
にがて 苦手	にがて 苦手 な ようだ（經過判斷後覺得好像不擅長，但有可能不是）
す 好き	す 好き な ようだ（經過判斷後覺得好像很喜歡，但有可能不是）

しあわ
幸せ（だ）（幸福的）　→

にがて
苦手（だ）（不擅長的）　→

す
好き（だ）（喜歡）　→

● 【情境範例】：對比 事實・經過判斷後好像是… 的使用差異

❶ 幸せ（だ）（幸福的）

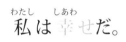

わたし　　しあわ
私は幸せだ。

事實

かのじょ　しあわ
彼女は幸せな ようだ 。

經過判斷後好像是…

わたし
私
（我）

← 說話者

說話者說明自己的狀況。

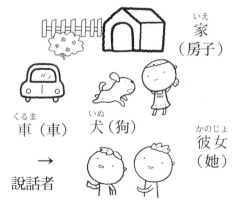

いえ
家
（房子）

くるま
車（車）　いぬ
犬（狗）

かのじょ
彼女
（她）

→ 說話者

說話者看到她住大房、有車子、有狗狗，「判斷她好像過得很幸福」，但事實可能未必如此。

　我很幸福。　　　　　　　　　她好像很幸福。＊但有可能不是

私 は英語が苦手だ。

事實

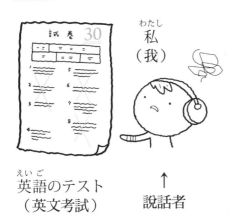

英語のテスト
（英文考試）

↑
說話者

私
（我）

說話者說明自己的能力。

我不擅長英文。

彼は英語が苦手な ようだ 。

經過判斷後好像是…

> How do I get to 101 ?

> You... You... c...can......

外国人（外國人）

彼
（他）

→
說話者

說話者看到他跟外國人講話支支吾吾的，
「判斷他的英文好像不好」，
但事實可能未必如此。

他好像不擅長英文。*但有可能不是

私 は石田さんが好きだ。

事實

私
（我）

石田さん
（石田小姐）

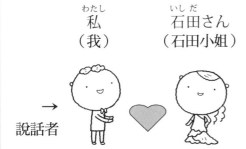

→
說話者

說話者說明自己的情感。

*「～が（助詞）好き」：喜歡～

我喜歡石田小姐。

田中は石田さんが好きな ようだ 。

經過判斷後好像是…

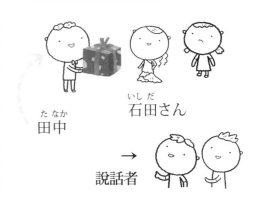

田中

石田さん

→
說話者

說話者看到田中對石田比較好，
「判斷田中好像喜歡石田」，
但事實可能未必如此。

田中好像喜歡石田小姐。*但有可能不是

4. 第一類動詞（五段動詞） ＋ ようだ

- 【意義】：看到某種現象或狀況，經過判斷後，覺得好像是…的樣子，但事實可能未必如此。

- 【字尾變化原則】： 第一類動詞 直接加上 ようだ

	第一類動詞	＋ ようだ
行く（去）→	行く	ようだ（經過判斷後覺得好像要去，但有可能不是）
買う（買）→	買う	ようだ（經過判斷後覺得好像要買，但有可能不是）
書く（寫）→	書く	ようだ（經過判斷後覺得好像要寫，但有可能不是）

- 【情境範例】：對比 事實、一般現象・經過判斷後好像是… 的使用差異

❶ 合う（適合）

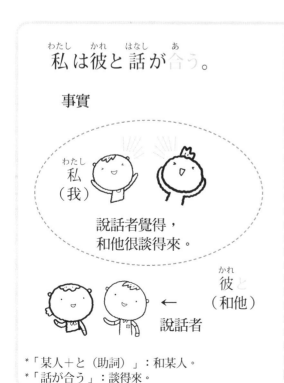

私は彼と話が合う。

事實

說話者覺得，
和他很談得來。

彼と
（和他）

說話者

* 「某人＋と（助詞）」：和某人。
* 「話が合う」：談得來。

我和他很談得來。

あの二人は話が合う ようだ 。

經過判斷後好像是…

あの二人
（那兩個人）

→

說話者

說話者看到那兩個人談話很熱絡，
「判斷他們好像很談得來」，
但事實可能未必如此。

那兩個人好像很談得來。* 但有可能不是

わたし かぜ
私は風邪をひいた。

事實

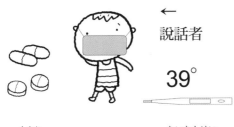

← 說話者

39°

くすり
薬
（藥）

マスク
（口罩）

たいおんけい
体温計
（體溫計）

說話者說明自己的身體狀況。

＊「ひいた」：「ひく」的「た形」，表示「過去」。

我感冒了。

かのじょ かぜ
彼女は風邪をひいた ようだ 。

經過判斷後好像是…

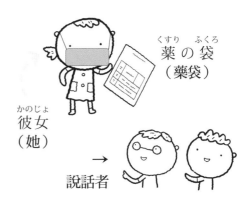

くすり ふくろ
薬の袋
（藥袋）

かのじょ
彼女
（她）

→

說話者

說話者看她戴口罩又拿著藥袋，
「判斷她好像感冒了」，
但事實可能未必如此。

她好像感冒了。＊但有可能不是

あめ ふ
雨が降る。

一般現象

指「下雨」這樣的一般現象。

＊用「動詞原形」表示「一般現象」，可參考：
［樣態］そうだ 3─❸。

下雨。

あした あめ ふ
明日は雨が降る ようだ 。

經過判斷後好像是…

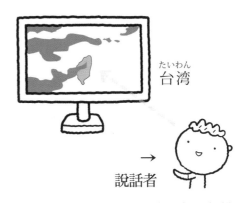

たいわん
台湾

→

說話者

說話者看氣象圖顯示有雲層靠近台灣，
「判斷明天好像會下雨」，
但事實可能未必如此。

明天好像會下雨。＊但有可能不會

5. 第二類動詞（上一段＆下一段動詞）　＋　ようだ

- 【意義】：看到某種現象或狀況，經過判斷後，覺得好像是…的樣子，但事實可能未必如此。

- 【字尾變化原則】：　第二類動詞　直接加上　ようだ

第二類動詞	＋ ようだ	
いる（生命物的存在）→	いる	ようだ（經過判斷後覺得好像存在，但有可能不是）
起きる（起身）→	起きる	ようだ（經過判斷後覺得好像要起身，但有可能不是）
出る（出去）→	出る	ようだ（經過判斷後覺得好像要出去，但有可能不是）
出かける（出門）→	出かける	ようだ（經過判斷後覺得好像要出門，但有可能不是）

- 【情境範例】：對比　事實・經過判斷後好像是…　的使用差異

❶ いる（生命物的存在）

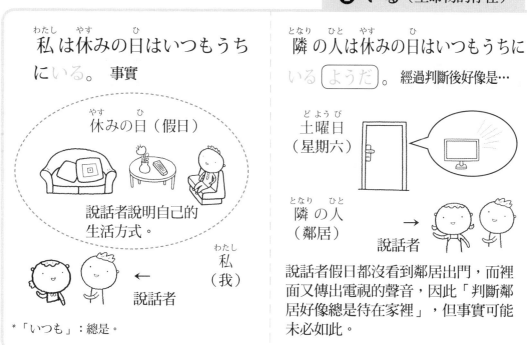

私は休みの日はいつもうちにいる。 事實

休みの日（假日）

說話者說明自己的生活方式。

私（我）

← 說話者

＊「いつも」：總是。

隣の人は休みの日はいつもうちにいる ようだ。 經過判斷後好像是…

土曜日（星期六）

隣の人（鄰居）　→　說話者

說話者假日都沒看到鄰居出門，而裡面又傳出電視的聲音，因此「判斷鄰居好像總是待在家裡」，但事實可能未必如此。

假日時，我總是待在家裡。　　　　　　　　鄰居假日時好像總是待在家裡。＊但有可能不是

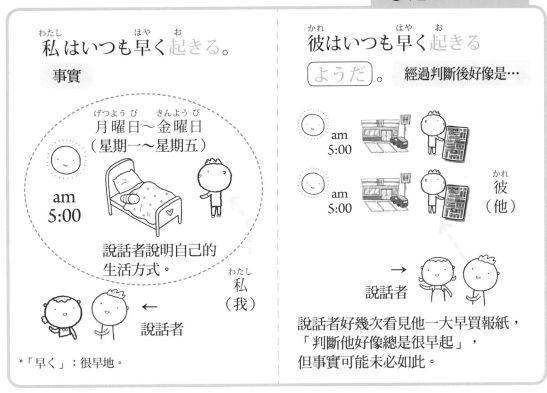

わたし　　　　　　はや　お
私 はいつも早く起きる。

事實

月曜日〜金曜日
（星期一〜星期五）

am
5:00

說話者說明自己的
生活方式。

わたし
私
（我）

←
說話者

*「早く」：很早地。

かれ　　　　　　はや　お
彼 はいつも早く起きる
ようだ。　經過判斷後好像是…

am
5:00

am
5:00

かれ
彼
（他）

→
說話者

說話者好幾次看見他一大早買報紙，
「判斷他好像總是很早起」，
但事實可能未必如此。

我總是很早起。

他好像總是很早起。*但有可能不是

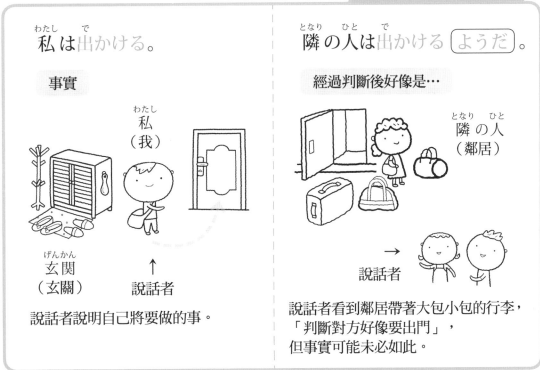

わたし　　で
私 は出かける。

事實

わたし
私
（我）

げんかん
玄関
（玄關）

↑
說話者

說話者說明自己將要做的事。

となり　ひと　で
隣 の人は出かける ようだ。

經過判斷後好像是…

となり　ひと
隣 の人
（鄰居）

→
說話者

說話者看到鄰居帶著大包小包的行李，
「判斷對方好像要出門」，
但事實可能未必如此。

我要出門。

鄰居好像要出門。*但有可能不是

6. 第三類動詞（来る、する、〜する）　**+**　ようだ

- 【意義】：看到某種現象或狀況，經過判斷後，覺得好像是…的樣子，但事實可能未必如此。

- 【字尾變化原則】：　第三類動詞　直接加上　ようだ

	不變化	+ ようだ
来る　　（來）　→	く 来る	ようだ （經過判斷後覺得好像要來， 但有可能不是）
する　　（做）　→	する	ようだ （經過判斷後覺得好像要做， 但有可能不是）
ざんぎょう 残業する（加班）→	ざんぎょう 残業する	ようだ （經過判斷後覺得好像要加班， 但有可能不是）

- 【情境範例】：對比　**事實・經過判斷後好像是…**　的使用差異

❶ 来る（來）

まいばん　しゅうしゅうしゃ　く 毎晩ゴミ収集車が来る。	しゅうしゅうしゃ　く ゴミ収集車が来る ようだ 。
事實	經過判斷後好像是…

げつ	か	すい	もく	きん	ど	にちようび
月	火	水	木	金	土	日曜日
（一）	（二）	（三）	（四）	（五）	（六）	（星期日）

しゅうしゅうしゃ
ゴミ収集車
（垃圾車）

用「動詞原形」表示事實、一般現象。

→　說話者

說話者看到大家都拿著垃圾出來，
「判斷垃圾車好像要來了」，
但事實可能未必如此。

垃圾車每天晚上來。　　　　　　　　　　　　垃圾車好像要來了。＊但有可能不是

<ruby>私<rt>わたし</rt></ruby> はよくゴルフをする。

事實

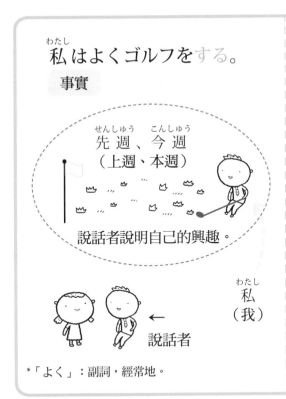

先週（上週）、今週（上週、本週）

說話者說明自己的興趣。

<ruby>私<rt>わたし</rt></ruby>（我）

← 說話者

*「よく」：副詞，經常地。

我經常打高爾夫球。

<ruby>隣<rt>となり</rt></ruby> の <ruby>人<rt>ひと</rt></ruby> はよくゴルフをする

ようだ 。 經過判斷後好像是…

<ruby>先週<rt>せんしゅう</rt></ruby>（上週）

<ruby>今週<rt>こんしゅう</rt></ruby>（本週）

<ruby>隣<rt>となり</rt></ruby> の <ruby>人<rt>ひと</rt></ruby>（鄰居）

→ 說話者

說話者經常看見鄰居拿著高爾夫球袋，
「判斷他好像常打高爾夫球」，
但事實可能未必如此。

鄰居好像經常打高爾夫球。 *但有可能不是

<ruby>私<rt>わたし</rt></ruby> は <ruby>今日<rt>きょう</rt></ruby> は <ruby>残業<rt>ざんぎょう</rt></ruby>する。

事實

pm 5:00
→
說話者

拜拜～

我今天要加班。

<ruby>彼<rt>かれ</rt></ruby>は <ruby>今日<rt>きょう</rt></ruby>は <ruby>残業<rt>ざんぎょう</rt></ruby>する ようだ 。

經過判斷後好像是…

pm 5:00

拜拜～

<ruby>彼<rt>かれ</rt></ruby>（他）

→ 說話者

說話者看到其他人要下班，他卻留下來，
「判斷他好像要加班」，
但事實可能未必如此。

他今天好像要加班。 *但有可能不是

關於【很有…的樣子：らしい】的基本認識

意義

- 「らしい形」有下列兩種意思，本單元介紹第（1）種。
  （1）表示人事物「是…，而且很有…的味道、樣子」。僅適用「名詞＋らしい」。
  （2）表示「聽到某種訊息後，所做的間接猜測或判斷」。

適用對象＆場合

面對下列關係的人物及場合，適合用「らしい」：
- 熟悉的朋友
- 家人
- 非正式場合

應對「陌生人、上司、正式場合」，使用「らしいです」較恰當。

※「らしい」變成「正式的斷定語氣：です」的型態。

比較

「名詞」和「名詞＋らしい」（很有…的樣子）的差異是：

【名詞】＝老人家	【名詞＋らしい】＝ 是老人家，而且很有老人家的樣子
としよ 年寄り	としよ 年寄りらしい

【名詞：原形】可用於表示： - 事實 - 一般現象或事物	【名詞＋らしい】可用於表示： - 是…，而且很有…的味道、樣子

【名詞＋らしい】的用法差異

「らしい」的兩種意思，前面都可以接續「名詞」。因此，看到「名詞＋らしい」時，要仔細判斷是屬於哪一種，才能做出正確解讀。

（1）【名詞＋らしい】：很有…的樣子

詞類	詞彙	意義	不變化	字尾變化
名詞	<ruby>男<rt>おとこ</rt></ruby>	（男生）	→	<ruby>男<rt>おとこ</rt></ruby> （是男生，而且很有男生的樣子）	らしい
名詞	<ruby>女<rt>おんな</rt></ruby>	（女生）	→	<ruby>女<rt>おんな</rt></ruby> （是女生，而且很有女生的樣子）	らしい

（2）【名詞＋らしい】：表示「推定」，表示「聽到某種訊息後，所做的間接猜測或判斷」（請參考下一個單元）。

詞類	詞彙	意義	不變化	字尾變化
名詞	<ruby>独身<rt>どくしん</rt></ruby>	（單身）	→	<ruby>独身<rt>どくしん</rt></ruby> （聽到某人說…所以猜測好像是單身）	らしい
名詞	<ruby>失業中<rt>しつぎょうちゅう</rt></ruby>	（失業中）	→	<ruby>失業中<rt>しつぎょうちゅう</rt></ruby> （聽到某人說…所以猜測好像失業中）	らしい

表示【很有…的樣子】：らしい

1. 名詞 ＋ らしい

● 【意義】：表示人事物「是…，而且很有…的味道、樣子」。

● 【字尾變化原則】： 名詞 直接加上 らしい

名詞	＋ らしい
男^{おとこ}（男生）→ 男^{おとこ}	らしい（是男生，而且很有男生的樣子）
女^{おんな}（女生）→ 女^{おんな}	らしい（是女生，而且很有女生的樣子）
子供^{こども}（小孩）→ 子供^{こども}	らしい（是小孩，而且很有小孩的樣子）

● 【情境範例】：對比 **很有…樣子・沒有…樣子** 的使用差異

❶ 年寄り（老人家）

うちのお婆ちゃんは 年寄り（としよ）
らしい 。 很有老人家的樣子

說話者的奶奶是老人家，而且走路要拿拐杖，看起來很有老人家的樣子。

うちのお婆ちゃんは 年寄り（としよ）
らしくない 。 沒有老人家的樣子

ビキニ（比基尼）

說話者的奶奶是老人家，但是卻像年輕人一樣穿著比基尼，看起來沒有老人家的樣子。

*「～らしい」的否定形：「～らしくない」。

我奶奶（是老人家，而且）很有老人家的樣子。　我奶奶（是老人家，但）沒有老人家的樣子。

彼女は子供 らしい 。
かのじょ　こども

很有小孩的樣子

彼女
かのじょ
（她）

← 說話者

她是小孩，而且有小孩的舉動（吃棒棒糖），看起來很有小孩的樣子。

她（是小孩，而且）很有小孩的樣子。

彼女は子供 らしくない 。
かのじょ　こども

沒有小孩的樣子

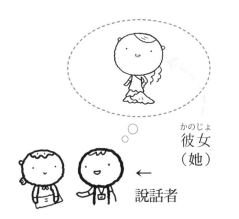

彼女
かのじょ
（她）

← 說話者

她是小孩，但是卻像大人一樣穿禮服、燙頭髮，看起來沒有小孩的樣子。

她（是小孩，但）沒有小孩的樣子。

彼は社長 らしい 。
かれ　しゃちょう

很有社長的樣子

彼
かれ
（他）

○○株式会社

他是社長，而且到公司時有很多人迎接，看起來很有社長的樣子。

他（是社長，而且）很有社長的樣子。

彼は社長 らしくない 。
かれ　しゃちょう

沒有社長的樣子

社長！

彼
かれ
（他）

社員
しゃいん
（職員）

○○株式会社

他是社長，但是騎腳踏車上班，看起來沒有社長的樣子。

他（是社長，但）沒有社長的樣子。

關於【推定：らしい】的基本認識

- 「らしい形」有下列兩種意思，本單元介紹第（2）種。
  （1）表示人事物「是…，而且很有…的味道、樣子」。僅適用「名詞＋らしい」。
  （2）表示「聽到某種訊息後，所做的間接猜測或判斷」。

適用對象＆場合

面對下列關係的人物及場合，適合用「らしい」：
- 熟悉的朋友
- 家人
- 非正式場合

應對「陌生人、上司、正式場合」，使用「らしいです」較恰當。

※「らしい」變成「正式的斷定語氣：です」的型態。

比較

「原形」和「らしい形」（推定）的差異是：

【原形】＝ 很忙	【らしい形】＝間接判斷或猜測很忙
いそが 忙 しい	いそが 忙 しいらしい

我最近天天 12 點才回家

【い形容詞：原形】可用於表示：

- 事實
- 一般現象

【い形容詞：らしい形】可用於表示：

- 聽到某種訊息後，所做的間接猜測或判斷

【推定：らしい：字尾變化原則】總整理

詞類	詞彙	意義		不變化	字尾變化
名詞	うそ 嘘	（謊話）	→	うそ 嘘	らしい
い形容詞	ひろ 広い	（寬廣的）	→	ひろ 広い	らしい
な形容詞	じょうず 上手（だ）	（拿手的）	→	じょうず 上手	らしい
第一類動詞	ふ 降る	（降下）	→	ふ 降る	らしい
第二類動詞	た 食べる	（吃）	→	た 食べる	らしい
第三類動詞	く 来る	（來）	→	く 来る	らしい
第三類動詞	する	（做）	→	する	らしい

1. 名詞 ＋ らしい

● 【意義】：表示「聽到某種訊息後，所做的間接猜測或判斷」。

● 【字尾變化原則】： 名詞 直接加上 らしい

名詞	＋ らしい
嘘 （謊話） →	嘘 らしい （聽到某人說…所以猜測好像是謊言）
医者 （醫生） →	医者 らしい （聽到某人說…所以猜測好像是醫生）
高校生（高中生）→	高校生 らしい （聽到某人說…所以猜測好像是高中生）

● 【情境範例】：對比 事實・間接判斷或猜測 的使用差異

❶ 遠足（遠足）

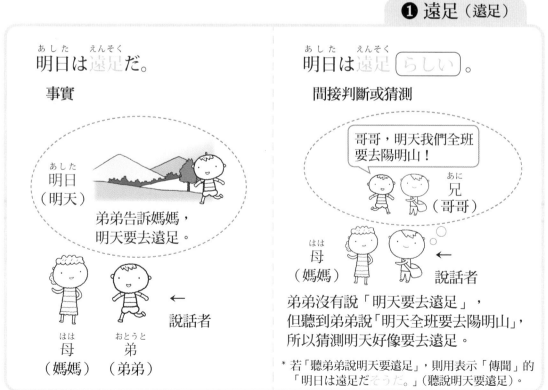

明日は遠足だ。

事實

弟弟告訴媽媽，明天要去遠足。

明日（明天）

母（媽媽）　弟（弟弟）　← 說話者

明天要遠足。

明日は遠足 らしい 。

間接判斷或猜測

哥哥，明天我們全班要去陽明山！

兄（哥哥）

母（媽媽）　← 說話者

弟弟沒有說「明天要去遠足」，
但聽到弟弟說「明天全班要去陽明山」，
所以猜測明天好像要去遠足。

* 若「聽弟弟說明天要遠足」，則用表示「傳聞」的
「明日は遠足だそうだ。」（聽說明天要遠足）。

猜測明天好像要遠足。

❷ 独身（單身）

田中さんは 独身だ。
（た なか）（どくしん）

事實

妻
（つま）
（妻子）

說話者說明
知道的事實。

田中さん
（た なか）
（田中先生）

← 說話者

*「独身」（どくしん）：指沒有婚姻配偶。包含有男、女朋友
但未結婚、或離婚後單身的人。

田中先生是單身。

田中さんは 独身 らしい 。
（た なか）（どくしん）

間接判斷或猜測

回家一個人好無聊～。

田中さん
（た なか）
（田中先生）

← 說話者

田中先生沒有說「我是單身」，
但聽到他說「回家一個人無聊」，
所以猜測他好像是單身。

猜測田中先生好像是單身。

❸ 失業中（失業中）

木村さんは 失業中だ。
（き むら）（しつぎょうちゅう）

事實

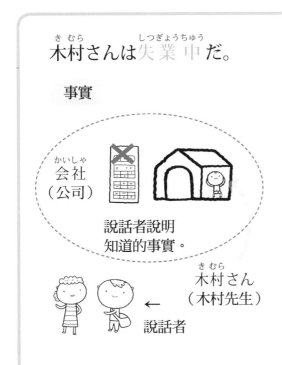

会社
（かいしゃ）
（公司）

說話者說明
知道的事實。

木村さん
（き むら）
（木村先生）

← 說話者

木村先生失業中。

木村さんは 失業中 らしい 。
（き むら）（しつぎょうちゅう）

間接判斷或猜測

我9點在家看電視，突然
10點有人按門鈴…

木村さん
（き むら）
（木村先生）

← 說話者

木村先生沒有說「我現在失業」，
但聽到他說白天在家的事，
所以猜測他好像失業中。

猜測木村先生好像失業中。

2. い形容詞 ＋ らしい

- 【意義】：表示「聽到某種訊息後，所做的間接猜測或判斷」。

- 【字尾變化原則】： い形容詞 直接加上 らしい

い形容詞	＋ らしい
易^{やさ}しい → 易^{やさ}しい	らしい（聽到某人說…所以猜測好像很簡單）
広^{ひろ}い → 広^{ひろ}い	らしい（聽到某人說…所以猜測好像很寬敞）
面白^{おもしろ}い → 面白^{おもしろ}い	らしい（聽到某人說…所以猜測好像很有趣）

易^{やさ}しい（簡單的）

広^{ひろ}い（寬敞的）

面白^{おもしろ}い（有趣的）

- 【情境範例】：對比 **事實・間接判斷或猜測** 的使用差異

❶ 忙しい（忙碌的）

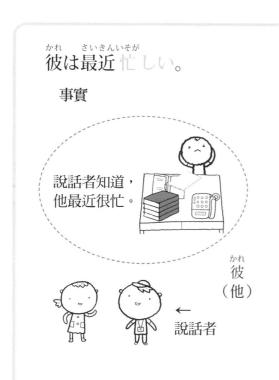

彼^{かれ}は最近^{さいきん}忙^{いそが}しい。

事實

說話者知道，他最近很忙。

彼^{かれ}（他） ← 說話者

彼^{かれ}は最近^{さいきん}忙^{いそが}しい らしい 。

間接判斷或猜測

我最近天天 12 點才回家。

彼^{かれ}（他）

說話者

他沒有說「我最近很忙」，
但聽到他說「天天 12 點回家」，
所以猜測他好像很忙。

* 若「聽他說最近很忙」，則用表示「傳聞」的「彼
は最近忙しいそうだ」（聽說他最近好像很忙）。

他最近很忙。   猜測他最近好像很忙。

あの資格試験は 難しい。
しかくしけん むずか

事實

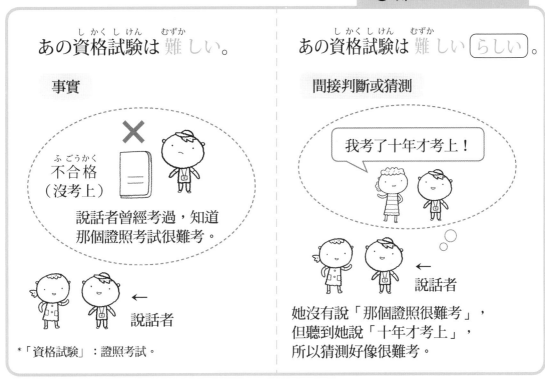

不合格
ふ ごうかく
（沒考上）

說話者曾經考過，知道
那個證照考試很難考。

← 說話者

*「資格試驗」：證照考試。

那個證照考試很難考。

あの資格試験は 難しい らしい 。
しかくしけん むずか

間接判斷或猜測

我考了十年才考上！

← 說話者

她沒有說「那個證照很難考」，
但聽到她說「十年才考上」，
所以猜測好像很難考。

猜測那個證照考試好像很難考。

川村さんのうちは 広い。
かわむら ひろ

事實

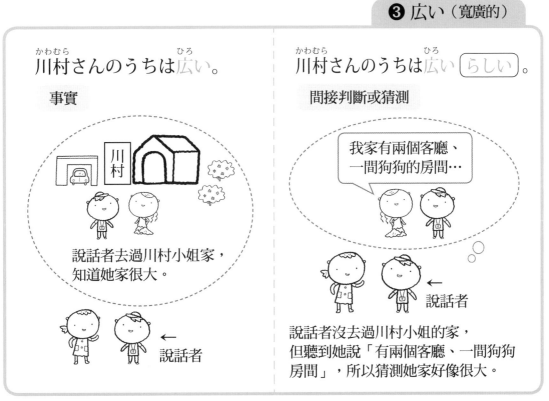

川村

說話者去過川村小姐家，
知道她家很大。

← 說話者

川村小姐的家很大。

川村さんのうちは 広い らしい 。
かわむら ひろ

間接判斷或猜測

我家有兩個客廳、
一間狗狗的房間…

← 說話者

說話者沒去過川村小姐的家，
但聽到她說「有兩個客廳、一間狗狗
房間」，所以猜測她家好像很大。

猜測川村小姐的家好像很大。

3. な形容詞 + [らしい]

● 【意義】：表示「聽到某種訊息後，所做的間接猜測或判斷」。

● 【字尾變化原則】： [な形容詞] 直接加上 [らしい]

な形容詞	+ らしい
<ruby>真面目<rt>まじめ</rt></ruby>（だ）（認真的） →	<ruby>真面目<rt>まじめ</rt></ruby> らしい（聽到某人說…所以猜測好像很認真）
<ruby>大切<rt>たいせつ</rt></ruby>　（だ）（重要的） →	<ruby>大切<rt>たいせつ</rt></ruby> らしい（聽到某人說…所以猜測好像很重要）
<ruby>有名<rt>ゆうめい</rt></ruby>　（だ）（有名的） →	<ruby>有名<rt>ゆうめい</rt></ruby> らしい（聽到某人說…所以猜測好像很有名）

● 【情境範例】：對比 事實・間接判斷或猜測 的使用差異

❶ 上手（だ）（拿手的、擅長的）

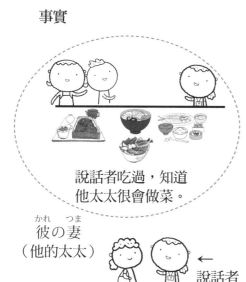

<ruby>彼<rt>かれ</rt></ruby>の<ruby>妻<rt>つま</rt></ruby>は<ruby>料理<rt>りょうり</rt></ruby>が<ruby>上手<rt>じょうず</rt></ruby>だ。

事實

說話者吃過，知道
他太太很會做菜。

<ruby>彼<rt>かれ</rt></ruby>の<ruby>妻<rt>つま</rt></ruby>
（他的太太）

← 說話者

<ruby>彼<rt>かれ</rt></ruby>の<ruby>妻<rt>つま</rt></ruby>は<ruby>料理<rt>りょうり</rt></ruby>が<ruby>上手<rt>じょうず</rt></ruby>[らしい]。

間接判斷或猜測

今天吃義大利菜，明天
吃日本料理…

<ruby>彼<rt>かれ</rt></ruby>
（他）

← 說話者

他沒有說「我太太很會做菜」，
但聽到他說「今天吃…明天吃…」，
都不是很普通的料理，
所以猜測他太太好像很會做菜。

他太太很會做菜。　　　　　　　　　　猜測他太太好像很會做菜。

ＭＲＴは便利だ。

事實

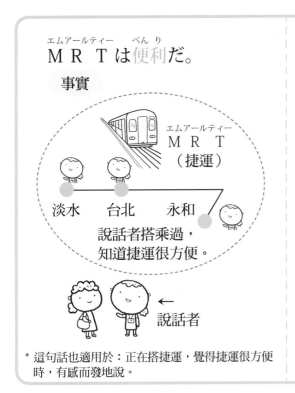

ＭＲＴは便利 らしい 。

間接判斷或猜測

* 這句話也適用於：正在搭捷運，覺得捷運很方便時，有感而發地說。

捷運很方便。

說話者沒搭過捷運，
但聽到他說「十幾分鐘到…，還可以到…」，
所以猜測捷運好像很方便。

猜測捷運好像很方便。

あの高校は髪型は自由だ。

事實

あの高校は髪型は自由 らしい 。

間接判斷或猜測

說話者不知道那所高中的髪型規定，
但聽到他說「朋友留各種髪型」，
所以猜測那所高中的髪型規定好像很自由。

那所高中的髪型（規定）很自由。

猜測那所高中的髪型（規定）好像很自由。

4. 第一類動詞（五段動詞）　+ [らしい]

● 【意義】：表示「聽到某種訊息後，所做的間接猜測或判斷」。

● 【字尾變化原則】： [第一類動詞] 直接加上 [らしい]

	第一類動詞	+ らしい
休む （休息） →	休む	らしい （聽到某人說…所以猜測好像要休息）
行く （去） →	行く	らしい （聽到某人說…所以猜測好像要去）
終わる（結束） →	終わる	らしい （聽到某人說…所以猜測好像要結束）

● 【情境範例】：對比 [事實、一般現象・間接判斷或猜測] 的使用差異

❶行く（去）

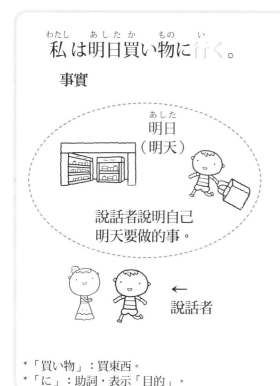

私は明日買い物に行く。

事實

明日（明天）

說話者說明自己明天要做的事。

← 說話者

* 「買い物」：買東西。
* 「に」：助詞，表示「目的」。

我明天要去買東西。

田中君は明日買い物に行く

[らしい]。　間接判斷或猜測

我明天要去 109。

田中君（田中）

← 說話者

田中沒有說「明天要去買東西」，但聽到他說「明天要去109」，所以猜測他好像要去買東西。

* 「～君」：適用男生的稱呼；「～さん」：男女都適用的稱呼。
* 「109」（いちまるきゅう）：日本知名百貨。

猜測田中明天好像要去買東西。

❷ 休む（休息；缺勤；請假）

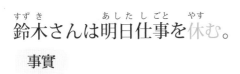

鈴木さんは明日仕事を休む。

事實

休暇申請書
（假單）

說話者知道，
鈴木明天要請假。

鈴木さん
（鈴木先生）　　　説話者

*「仕事を休む」：請假不上班。

鈴木先生明天要請假（不上班）。

鈴木さんは明日仕事を休む
らしい。　**間接判斷或猜測**

我明天要去迪士尼。

鈴木さん
（鈴木先生）　　　　　説話者

鈴木沒有說「明天要請假」，
但聽到他說「明天要去迪士尼」，
所以猜測他明天好像要請假。

猜測鈴木先生明天好像要請假（不上班）。

❸ 降る（降下）

雨が降る。

一般現象

指「下雨」這樣的一般現象。

明日は雨が降る らしい。

間接判斷或猜測

明天開始天氣會變得不穩定。

天気予報
（氣象預報）　　　　　説話者

氣象主播沒有說「明天會下雨」，
但聽到她說「明天開始天氣不穩定」，
所以猜測明天好像會下雨。

下雨。

猜測明天好像會下雨。

5. 第二類動詞（上一段＆下一段動詞）＋ らしい

- 【意義】：表示「聽到某種訊息後，所做的間接猜測或判斷」。

- 【字尾變化原則】： 第二類動詞 直接加上 らしい

	第二類動詞	＋ らしい
いる （生命物的存在）　→	いる	らしい（聽到某人說…所以猜測好像存在）
閉じる（關閉）　　　→	閉じる	らしい（聽到某人說…所以猜測好像要關閉）
出る （出去）　　　→	出る	らしい（聽到某人說…所以猜測好像要出去）
捨てる（丟棄）　　　→	捨てる	らしい（聽到某人說…所以猜測好像要丟棄）

- 【情境範例】：對比 **事實・間接判斷或猜測** 的使用差異

❶ 見る（看）

私はよく日本のドラマを見る。

事實

說話者說明自己經常會做的事。

日本のドラマ
（日劇）

← 說話者

我經常看日劇。

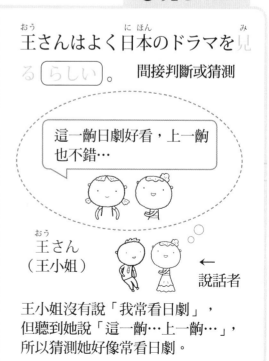

王さんはよく日本のドラマを見る らしい 。

間接判斷或猜測

這一齣日劇好看，上一齣也不錯…

王さん
（王小姐）

← 說話者

王小姐沒有說「我常看日劇」，
但聽到她說「這一齣…上一齣…」，
所以猜測她好像常看日劇。

猜測王小姐好像常看日劇。

かのじょ さけ の
彼女はお酒が飲める。

事實

お酒
（酒）

說話者說明知道
的事實。

かのじょ
彼女
（她）

← 說話者

* 「飲める」是「飲む」（喝）的「可能形」，指「有
能力喝」「可以喝」「會喝」，但並沒有「酒量好」的
意思，用法可參考：[可能]れる／られる。

她會喝酒（有能力喝酒、可以喝酒）。

かのじょ さけ の
彼女はお酒が飲める らしい。

間接判斷或猜測

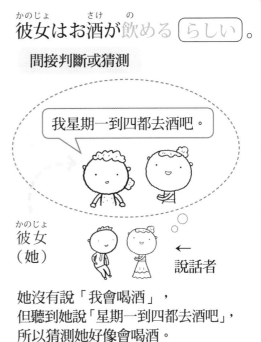

我星期一到四都去酒吧。

かのじょ
彼女
（她）

← 說話者

她沒有說「我會喝酒」，
但聽到她說「星期一到四都去酒吧」，
所以猜測她好像會喝酒。

猜測她好像會喝酒。

ちち まいにちなっとう た
父は毎日納豆を食べる。

事實

さきおととい　　おととい　　きのう
一昨昨日　　一昨日　　昨日
（大前天）　　（前天）　　（昨天）

・・・

說話者說明知道
的事實。

なっとう
納豆
（納豆）

← 說話者

我爸爸每天吃納豆。

かんとう ひと まいにちなっとう た
関東の人は毎日納豆を食べる

らしい。　間接判斷或猜測

沒吃納豆就感覺
好像沒吃早餐。

かんとう ひと
関東の人
（關東人）

← 說話者

關東人沒有說「我每天吃納豆」，
但聽到他說「沒吃納豆感覺像沒吃早餐」，
所以猜測好像每天吃納豆。

猜測關東地區的人好像每天吃納豆。

6. 第三類動詞（来る、する、～する） **＋** らしい

- 【意義】：表示「聽到某種訊息後，所做的間接猜測或判斷」。

- 【字尾變化原則】： 第三類動詞 直接加上 らしい

	不變化	＋ らしい
来る（來）→	来る	らしい（聽到某人說…所以猜測好像要來）
する（做）→	する	らしい（聽到某人說…所以猜測好像要做）
発表する（發表）→	発表する	らしい（聽到某人說…所以猜測好像要發表）

- 【情境範例】：對比 **事實・間接判斷或猜測** 的使用差異

❶ 来る（來）

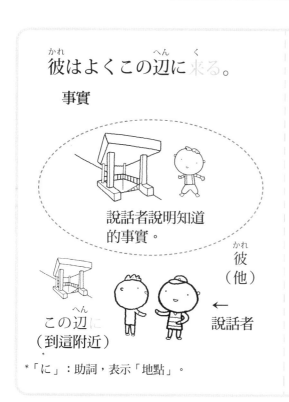

彼はよくこの辺に来る。

事實

說話者說明知道的事實。

彼（他）

この辺に（到這附近）
說話者

*「に」：助詞，表示「地點」。

他經常來這附近。

彼はよくこの辺に来る らしい。

間接判斷或猜測

那裡之前有一間店開幕，現在又有一間…

彼（他）

說話者

他沒有說「常來這附近」，
但聽到他說「這附近之前…，現在…」，
對這附近的狀況很了解，
所以猜測他好像常來。

猜測他好像經常來這附近。

186

この店は有名人もよく来る。
みせ　ゆうめいじん　　　　く

事實

この店は有名人もよく来る
みせ　ゆうめいじん　　　　く

らしい　。　間接判斷或猜測

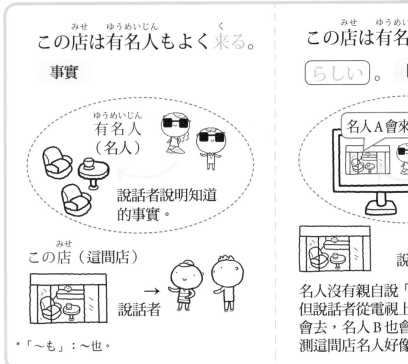

名人A會來，B也來…

ゆうめいじん
有名人
（名人）

說話者說明知道
的事實。

この店（這間店）
みせ

→ 說話者

說話者

*「～も」：～也。

名人沒有親自說「我常去那間店」，
但說話者從電視上聽到說「名人 A
會去，名人B也會去…」，所以猜
測這間店名人好像常來。

這間店名人也常來。

猜測這間店名人好像也常來。

私達は午後から会議をする。
わたしたち　ごご　　　かいぎ

事實

編集部は午後から会議をする
へんしゅうぶ　ごご　　　かいぎ

らしい　。　間接判斷或猜測

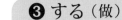

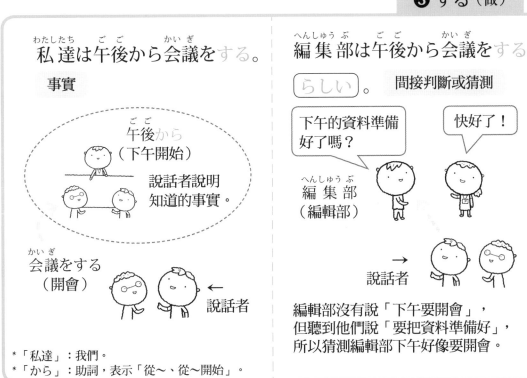

ごご
午後から
（下午開始）

說話者說明
知道的事實。

かいぎ
会議をする
（開會）

→ 說話者

下午的資料準備
好了嗎？

快好了！

へんしゅうぶ
編集部
（編輯部）

→ 說話者

*「私達」：我們。
*「から」：助詞，表示「從～、從～開始」。

編輯部沒有說「下午要開會」，
但聽到他們說「要把資料準備好」，
所以猜測編輯部下午好像要開會。

我們下午要開會。

猜測編輯部下午好像要開會。

關於【前後關係：て / で】的基本認識

意義

- 「て / で 形」有下列兩種意思，本單元介紹第（1）種。
  （1）表示「前後關係」「數個動作的先後順序」「先做…，再做…」。僅適用「動詞」。
  （2）表示「原因理由」「因為…」，後面會接「所導致的結果」。

比較

「動詞原形」和「動詞て / で 形」（前後關係）的差異是：

【動詞原形】＝ 買

か
買う

【動詞原形】可用於表示：

- 事實
- 一般現象（例如：下雨、出太陽）
- 一般動作（例如：吃飯、睡覺）
- 將要發生的事或行為

【動詞て / で 形】＝ 買了之後，再…

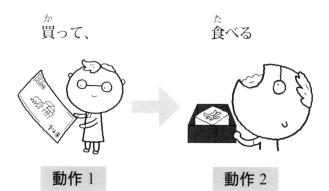

か
買って、

た
食べる

【動詞て / で 形】可用於表示：

- 數個動作的先後順序
- 先做…，再做…

動作 1 　　　　動作 2

【前後關係：て/で：字尾變化原則】總整理

「て/で形」的字尾變化原則較複雜（和「た形」的原則類似）。尤其是「第一類動詞」，不同的動詞原形字尾，有不同的變化原則，一定要區分清楚。

詞類	詞彙	意義		不變化	字尾變化
第一類動詞 動詞原形字尾：う、つ、る	買^かう	（買）	→	買^か	って
第一類動詞 動詞原形字尾：す	話^{はな}す	（說）	→	話^{はな}	して
第一類動詞 動詞原形字尾：く、ぐ	書^かく 脱^ぬぐ	（寫） （脫掉）	→	書^か 脱^ぬ	いて いで
第一類動詞 動詞原形字尾：ぬ、む、ぶ	死^しぬ 飲^のむ 呼^よぶ	（死亡） （喝） （呼叫）	→	死^し 飲^の 呼^よ	んで んで んで
第二類動詞	起^おきる	（起身）	→	起^おき	て
第三類動詞	来^くる	（來）	→	来^き	て
第三類動詞	する	（做）	→		して

1. 第一類動詞（動詞原形字尾 う、つ、る）＋ て / で

- 【意義】：表示「前後關係」「數個動作的先後順序」「先做…，再做…」。

- 【字尾變化原則】： 要變化的部分 　變成　 っ＋て

	不變化	要變化	→	不變化	っ＋て
会う（見面）→	会	う	→	会	って（見面之後再…）
持つ（拿）→	持	つ	→	持	って（拿之後再…）
集まる（集合）→	集ま	る	→	集ま	って（集合之後再…）

- 【情境範例】：先做 動作1 再做 動作2 的表現方式

❶買う（買）

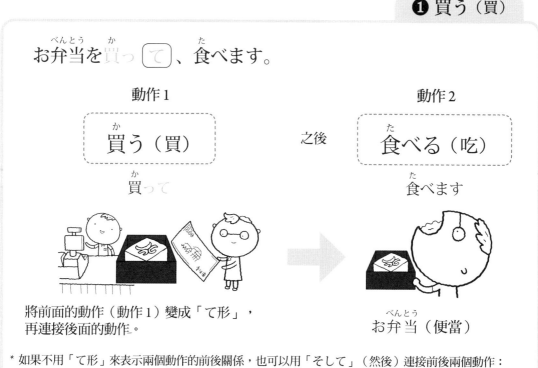

お弁当を買って、食べます。

動作1　　　　　　　　　　　　　　動作2

買う（買）　　　之後　　　食べる（吃）

買って　　　　　　　　　　　　　食べます

將前面的動作（動作1）變成「て形」，
再連接後面的動作。

お弁当（便當）

* 如果不用「て形」來表示兩個動作的前後關係，也可以用「そして」（然後）連接前後兩個動作：
　お弁当を買います。そして、食べます。（買便當。然後，吃便當。）

（我）買便當之後，吃便當。

❷ 立つ（站立）

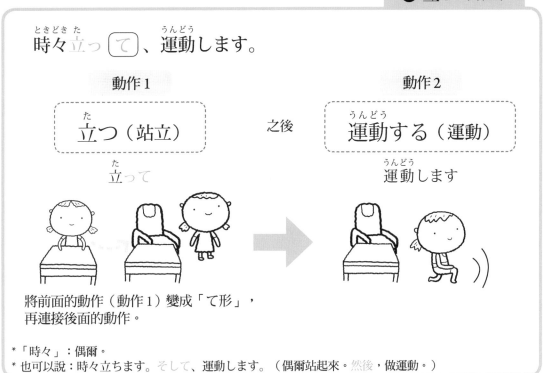

時々立って、運動します。

動作1
立つ（站立）

之後

動作2
運動する（運動）

立って

運動します

將前面的動作（動作1）變成「て形」，
再連接後面的動作。

* 「時々」：偶爾。
* 也可以說：時々立ちます。そして、運動します。（偶爾站起來。然後，做運動。）

（我）偶爾站起來，然後做運動。

❸ 帰る（回去）

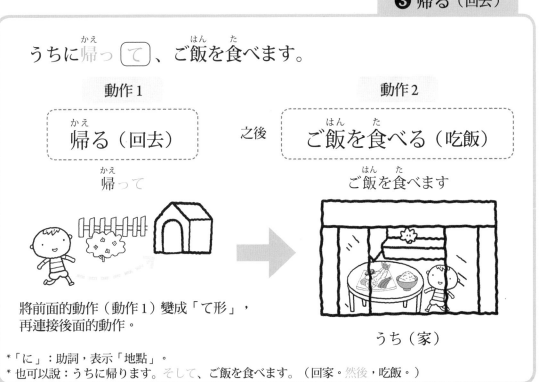

うちに帰って、ご飯を食べます。

動作1
帰る（回去）

之後

動作2
ご飯を食べる（吃飯）

帰って

ご飯を食べます

將前面的動作（動作1）變成「て形」，
再連接後面的動作。

うち（家）

* 「に」：助詞，表示「地點」。
* 也可以說：うちに帰ります。そして、ご飯を食べます。（回家。然後，吃飯。）

（我）回家之後，吃飯。

2. 第一類動詞（動詞原形字尾 す）　＋　て / で

● 【意義】：表示「前後關係」「數個動作的先後順序」「先做…，再做…」。

● 【字尾變化原則】：　要變化的部分　變成　し + て

	不變化	要變化	→	不變化	し + て
押す（按下）→	押	す	→	押	して（按下之後再…）
下ろす（放下）→	下ろ	す	→	下ろ	して（放下之後再…）
返す（歸還）→	返	す	→	返	して（歸還之後再…）

● 【情境範例】：先做 動作1 再做 動作2 的表現方式

❶ 冷やす（冰鎮）

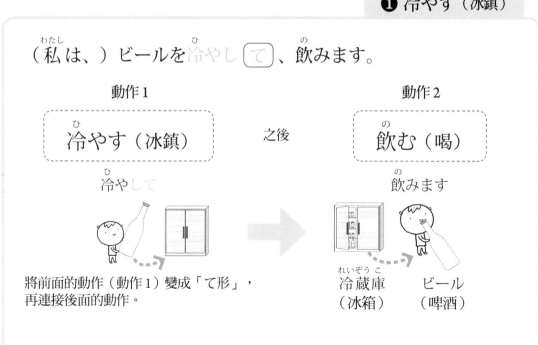

（私は、）ビールを冷やして、飲みます。

動作1　　　　　　　　　　　　　　　　　動作2

冷やす（冰鎮）　　　　之後　　　　飲む（喝）

冷やして　　　　　　　　　　　　　飲みます

將前面的動作（動作1）變成「て形」，
再連接後面的動作。

冷蔵庫（冰箱）　　ビール（啤酒）

* 當主詞是「私は」（我…）時，通常省略不說。
* 也可以說：私は、ビールを冷やします。そして、飲みます。（我把啤酒冷藏。然後，拿來喝。）

（我）先冷藏啤酒，之後再喝。

（私は、）たんすから服を出して、着ます。

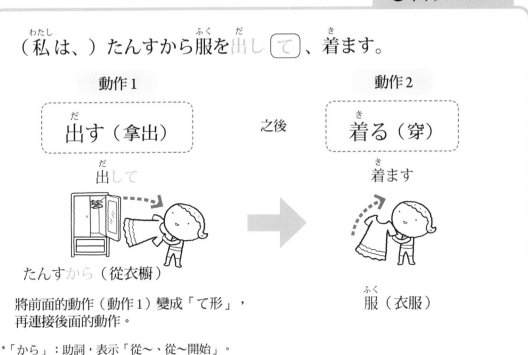

動作1		動作2
出す（拿出）	之後	着る（穿）

出して

着ます

たんすから（從衣櫥）

服（衣服）

將前面的動作（動作1）變成「て形」，
再連接後面的動作。

* 「から」：助詞，表示「從～、從～開始」。
* 也可以說：私は、たんすから服を出します。そして、着ます。（我從衣櫥拿出衣服。然後，穿上。）

（我）從衣櫥拿出衣服，然後穿上。

ボタンを押して、話します。

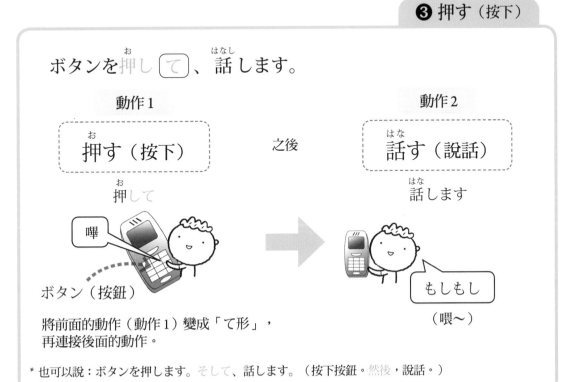

動作1		動作2
押す（按下）	之後	話す（說話）

押して

話します

嗶

ボタン（按鈕）

もしもし

（喂～）

將前面的動作（動作1）變成「て形」，
再連接後面的動作。

* 也可以說：ボタンを押します。そして、話します。（按下按鈕。然後，說話。）

（我）按下按鈕後，說話。

3. 第一類動詞（動詞原形字尾 く、ぐ） ＋ ［ て／で ］

- 【意義】：表示「前後關係」「數個動作的先後順序」「先做…，再做…」。
- 【字尾く的變化原則】： 要變化的部分 　變成　 い ＋ て
- 【字尾ぐ的變化原則】： 要變化的部分 　變成　 い ＋ で

	不變化	要變化	→	不變化	い ＋ て
磨く（刷） →	磨	く	→	磨	い て（刷之後再…）

	不變化	要變化	→	不變化	い ＋ で
脱ぐ（脱掉） →	脱	ぐ	→	脱	い で（脱掉之後再…）
漱ぐ（漱口） →	漱	ぐ	→	漱	い で（漱口之後再…）

- 【情境範例】：先做 動作 1 再做 動作 2 的表現方式

❶ 焼く（烤）

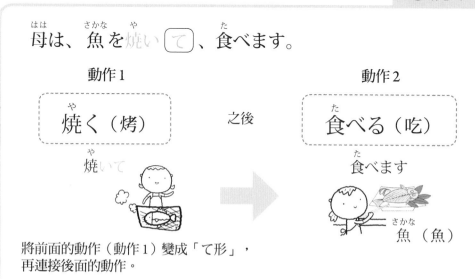

母は、魚を焼い て 、食べます。

動作1		動作2
焼く（烤）	之後	食べる（吃）
焼いて		食べます
		魚（魚）

將前面的動作（動作1）變成「て形」，
再連接後面的動作。

* 也可以說：母は、魚を焼きます。そして、食べます。（媽媽烤魚。然後，吃魚。）

媽媽把魚烤過後，吃魚。

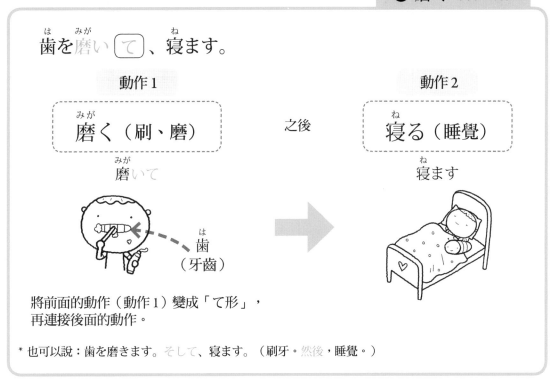

歯<ruby>は</ruby>を磨<ruby>みが</ruby>い　て　、寝<ruby>ね</ruby>ます。

動作1		動作2
磨<ruby>みが</ruby>く（刷、磨）	之後	寝<ruby>ね</ruby>る（睡覺）
磨<ruby>みが</ruby>いて		寝<ruby>ね</ruby>ます

歯<ruby>は</ruby>（牙齒）

將前面的動作（動作1）變成「て形」，
再連接後面的動作。

＊ 也可以說：歯を磨きます。そして、寝ます。（刷牙。然後，睡覺。）

（我）刷牙之後，睡覺。

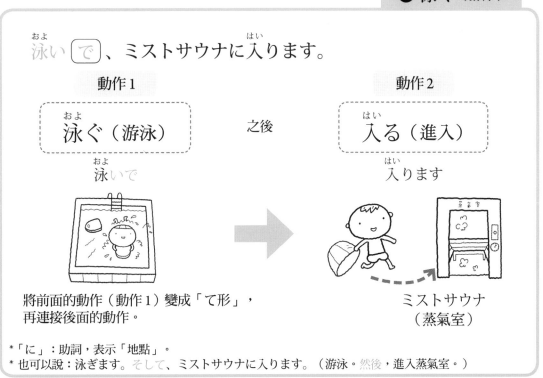

泳<ruby>およ</ruby>い　で　、ミストサウナに入<ruby>はい</ruby>ります。

動作1		動作2
泳<ruby>およ</ruby>ぐ（游泳）	之後	入<ruby>はい</ruby>る（進入）
泳<ruby>およ</ruby>いで		入<ruby>はい</ruby>ります

將前面的動作（動作1）變成「て形」，
再連接後面的動作。

ミストサウナ（蒸氣室）

＊「に」：助詞，表示「地點」。
＊ 也可以說：泳ぎます。そして、ミストサウナに入ります。（游泳。然後，進入蒸氣室。）

（我）游泳之後，進入蒸氣室。

4. 第一類動詞（動詞原形字尾 ぬ、む、ぶ） + て / で

- 【意義】：表示「前後關係」「數個動作的先後順序」「先做…，再做…」。

- 【字尾變化原則】： 要變化的部分 變成 ん + で

	不變化	要變化	→	不變化	ん + で
死ぬ（死亡） →	死	ぬ	→	死	ん で（死掉之後再…）
進む（前進） →	進	む	→	進	ん で（前進之後再…）
並ぶ（排隊） →	並	ぶ	→	並	ん で（排隊之後再…）

- 【情境範例】：先做 動作 1 再做 動作 2 的表現方式

❶ 死ぬ（死亡）

死ん で お化けになります。

動作 1 —— 死ぬ（死亡） —— 之後 —— 動作 2 —— なる（變成）

死んで

なります

お化け
（妖怪、幽靈）

將前面的動作（動作 1）變成「て形」，
再連接後面的動作。

*「名詞、な形容詞 + に（助詞）なる（變成）」：變成～。
* 也可以說：死にます。そして、お化けになります。（死亡。然後，變成幽靈。）

死亡之後，變成幽靈。

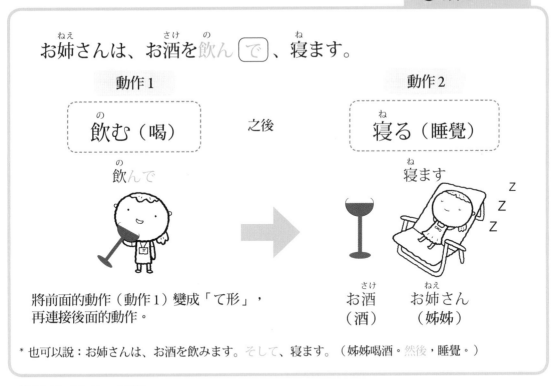

お姉さんは、お酒を飲ん で 、寝ます。

動作1　　　　　　　　　　　　　　　　　　動作2

飲む（喝）　　　之後　　　寝る（睡覺）

飲んで　　　　　　　　　　　　寝ます

將前面的動作（動作1）變成「て形」，
再連接後面的動作。

お酒　　お姉さん
（酒）　（姊姊）

* 也可以說：お姉さんは、お酒を飲みます。そして、寝ます。（姊姊喝酒。然後，睡覺。）

姊姊喝酒之後，睡覺。

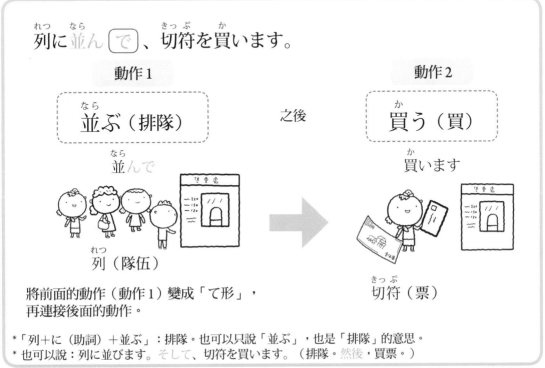

列に並ん で 、切符を買います。

動作1　　　　　　　　　　　　　　　　　　動作2

並ぶ（排隊）　　　之後　　　買う（買）

並んで　　　　　　　　　　　　買います

列（隊伍）

將前面的動作（動作1）變成「て形」，
再連接後面的動作。

切符（票）

*「列＋に（助詞）＋並ぶ」：排隊。也可以只說「並ぶ」，也是「排隊」的意思。
* 也可以說：列に並びます。そして、切符を買います。（排隊。然後，買票。）

（我）先排隊，然後買票。

表示【前後關係】：て / で

MP3 068

5. 第二類動詞（上一段＆下一段動詞） ＋ て / で

● 【意義】：表示「前後關係」「數個動作的先後順序」「先做…，再做…」。

● 【字尾變化原則】： 要變化的部分 變成 て

	不變化	要變化	→	不變化	て
見る （看） →	見	る	→	見	て（看之後再…）
落ちる（掉落）→	落ち	る	→	落ち	て（掉落之後再…）
出る （出去）→	出	る	→	出	て（出去之後再…）
締める（束緊）→	締め	る	→	締め	て（束緊之後再…）

● 【情境範例】：先做 動作 1 再做 動作 2 的表現方式

❶ 借りる（借入）

弟 は、図書館で本を借り て 、うちで読みます。

動作1		動作2
借りる（借入）	之後	読む（閲讀）

借りて　　　　　　　　　　　　　　読みます

図書館で
（在圖書館）

将前面的動作（動作1）變成「て形」，
再連接後面的動作。

本（書）うちで（在家）

* 「図書館で」「うちで」的「で」：助詞，表示「地點」。
* 也可以說：弟は、図書館で本を借ります。そして、うちで読みます。（弟弟在圖書館借書。然後，在家閲讀。）

198 弟弟在圖書館借書之後，在家閲讀。

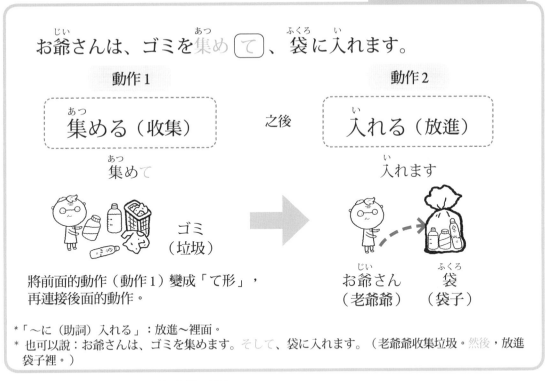

お爺さんは、ゴミを集め て 、袋に入れます。

動作1 集める（収集）

之後

動作2 入れる（放進）

集めて

入れます

ゴミ
（垃圾）

お爺さん
（老爺爺）

袋
（袋子）

將前面的動作（動作1）變成「て形」，
再連接後面的動作。

* 「〜に（助詞）入れる」：放進〜裡面。
* 也可以說：お爺さんは、ゴミを集めます。そして、袋に入れます。（老爺爺收集垃圾。然後，放進袋子裡。）

老爺爺收集垃圾之後，放進袋子裡。

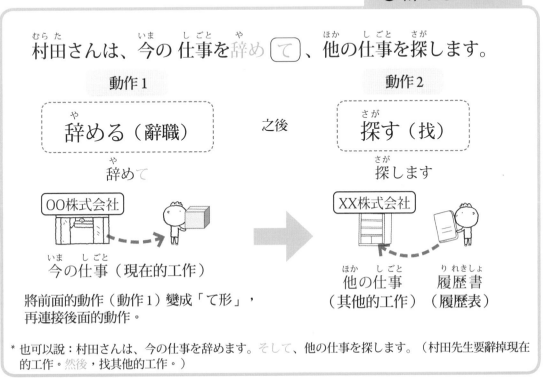

村田さんは、今の仕事を辞め て 、他の仕事を探します。

動作1 辞める（辞職）

之後

動作2 探す（找）

辞めて

探します

○○株式会社

今の仕事（現在的工作）

XX株式会社

他の仕事
（其他的工作）

履歴書
（履歷表）

將前面的動作（動作1）變成「て形」，
再連接後面的動作。

* 也可以說：村田さんは、今の仕事を辞めます。そして、他の仕事を探します。（村田先生要辭掉現在的工作。然後，找其他的工作。）

村田先生要辭掉現在的工作，然後找其他工作。

6. 第三類動詞（来る、する、～する）　**＋**　て/で

- 【意義】：表示「前後關係」「數個動作的先後順序」「先做…，再做…」。
- 【来る 的變化原則】：　る　變成　て　＊注意：「来」要改變發音
- 【する、～する 的變化原則】：　する　變成　して

	不變化	要變化	→	不變化	て
来る （來） →	来	る	→	来（き）	て（來了之後再…）
[動詞て形＋] 来る（做～回來） →	～て来	る	→	～て来（き）	て（做～回來之後再…）

	不變化	要變化	→	不變化	して
する （做） →	/	する	→	/	して（做了之後再…）
挨拶する（打招呼） →	挨拶	する	→	挨拶	して（打招呼之後再…）

- 【情境範例】：先做　動作1　再做　動作2　的表現方式

❶買って来る（買來）

佐倉さんは、パンを買って来（き）て、食べます。

動作1　　　　　　　　　　　　動作2

動作1		動作2
買って来る（買來） 買って来（き）	之後	食べる（吃） 食べます

將前面的動作（動作1）變成「て形」，再連接後面的動作。

佐倉さん（佐倉先生）　パン（麵包）

＊ 也可以說：佐倉さんは、パンを買って来ます。そして、食べます。（佐倉先生買來麵包。然後，吃麵包。）

佐倉先生買來麵包後，吃麵包。

❷ 食事する（吃飯）

あの二人は、食事 して 、映画を見に行きます。

動作1		動作2

 食事する（吃飯）　　之後　　 見に行く（去看）

食事して　　　　　　　　　　　見に行きます

將前面的動作（動作1）變成「て形」，
再連接後面的動作。

あの二人（那兩個人）　　映画（電影）

* 「見に行く」的「に」：助詞，表示「目的」。
* 「動詞＋に」表示「目的」的變化原則和「ます形」相同。「見る」的「ます形」是「見ます」，所以是「見に」。
* 也可以說：あの二人は、食事します。そして、映画を見に行きます。（那兩個人吃飯。然後，要去看電影。）

那兩個人吃飯之後，要去看電影。

❸ 洗濯する（洗淨）

母は、服を洗濯 して 、ベランダに干します。

動作1		動作2

 洗濯する（洗淨）　　之後　　 干す（曬）

洗濯して　　　　　　　　　　　干します

將前面的動作（動作1）變成「て形」，
再連接後面的動作。

服（衣服）　　ベランダ（陽台）

* 「に」：助詞，表示「地點」。
* 也可以說：母は、服を洗濯します。そして、ベランダに干します。（媽媽洗衣服。然後，曬在陽台。）

媽媽洗衣服之後，把衣服曬在陽台。

關於【原因理由：て / で】的基本認識

意義

- 「て / で 形」有下列兩種意思，本單元介紹第（2）種。
  （1）表示「前後關係」「數個動作的先後順序」「先做…，再做…」。僅適用「動詞」。
  （2）表示「原因理由」「因為…」，後面會接「所導致的結果」。

比較

「動詞原形」和「動詞て / で 形」（原因理由）的差異是：

【動詞原形】＝ 弄丟

なくす

【動詞原形】可用於表示：

- 事實
- 一般現象（例如：下雨、出太陽）
- 一般動作（例如：吃飯、睡覺）
- 將要發生的事或行為

【動詞て / で 形】＝ 因為弄丟，所以…

なくして、　　　　怒られました
　　　　　　　　おこ

【動詞て / で 形】可用於表示：

- 因為…，所以導致…結果

原因　　　　　　結果

202

【原因理由：て／で：字尾變化原則】總整理

「て／で 形」的字尾變化原則較複雜（和「た形」的原則類似）。尤其是「第一類動詞」，不同的動詞原形字尾，有不同的變化原則，一定要區分清楚。

詞類	詞彙	意義		不變化	字尾變化
名詞	風邪（かぜ）	（感冒）	→	風邪（かぜ）	で
い形容詞	小さい（ちい）	（小的）	→	小さ（ちい）	くて
な形容詞	暇（だ）（ひま）	（空閒）	→	暇（ひま）	で
第一類動詞 動詞原形字尾：う、つ、る	持つ（も）	（拿）	→	持（も）	って
第一類動詞 動詞原形字尾：す	壊す（こわ）	（弄壞）	→	壊（こわ）	して
第一類動詞 動詞原形字尾：く、ぐ	働く（はたら） 脱ぐ（ぬ）	（工作） （脱掉）	→	働（はたら） 脱（ぬ）	いて いで
第一類動詞 動詞原形字尾：ぬ、む、ぶ	死ぬ（し） 飲む（の） 運ぶ（はこ）	（死亡） （喝） （搬運）	→	死（し） 飲（の） 運（はこ）	んで んで んで
第二類動詞	食べる（た）	（吃）	→	食べ（た）	て
第三類動詞	来る（く）	（來）	→	来（き）	て
第三類動詞	する	（做）	→	/	して

203

1. 名詞 ＋ て / で

- 【意義】：表示「因為…」。後面會接「所導致的結果」。

- 【字尾變化原則】：　名詞　直接加上　で

名詞		＋ で
風邪（かぜ）	風邪（かぜ）	で （因為感冒，所以…）
台風（たいふう）	台風（たいふう）	で （因為颱風，所以…）
地震（じしん）	地震（じしん）	で （因為地震，所以…）

風邪（かぜ）（感冒） →
台風（たいふう）（颱風） →
地震（じしん）（地震） →

- 【情境範例】：　**因為…所以…**　的表現方式

❶ 風邪（感冒）

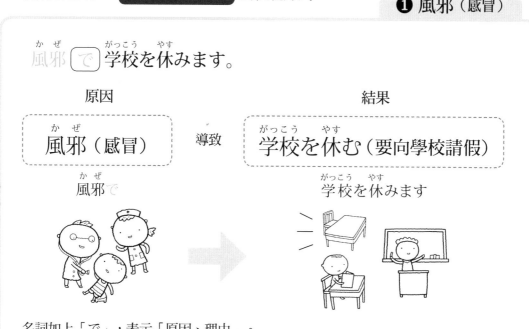

風邪（かぜ）で 学校（がっこう）を休（やす）みます。

原因		結果
風邪（かぜ）（感冒）	導致	学校（がっこう）を休（やす）む（要向學校請假）

風邪（かぜ）で
学校（がっこう）を休（やす）みます

名詞加上「で」，表示「原因、理由」。

*「休む」：休息；請假；缺勤。「を」：助詞，表示「休む」的對象是「学校」。

因為感冒，所以要向學校請假。

❷ 台風（颱風）

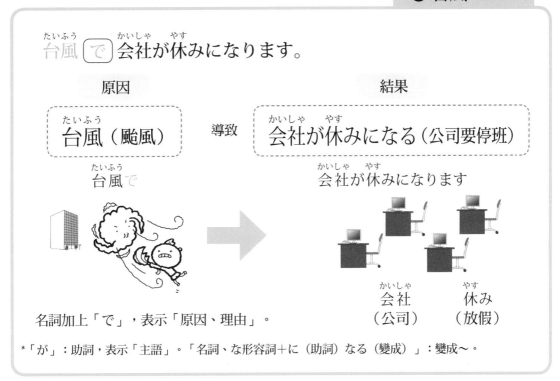

たいふう　かいしゃ　やす
台風 で 会社が休みになります。

原因　　　　　　　　　　　　　　　結果

たいふう
台風（颱風）　　導致　　かいしゃ　やす
会社が休みになる（公司要停班）

たいふう
台風で　　　　　かいしゃ　やす
会社が休みになります

かいしゃ　　　　やす
会社　　　　　休み
（公司）　　　（放假）

名詞加上「で」，表示「原因、理由」。

*「が」：助詞，表示「主語」。「名詞、な形容詞＋に（助詞）なる（變成）」：變成～。

因為颱風，所以公司要停班。

❸ 地震（地震）

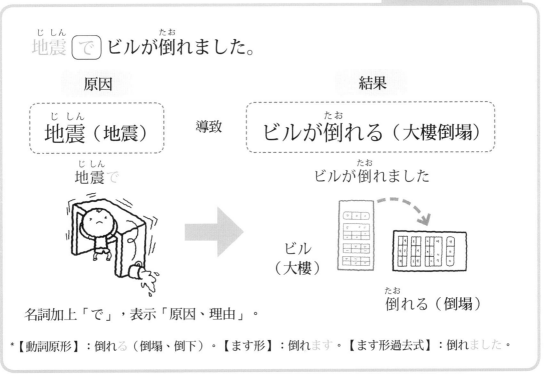

じしん　　　　　たお
地震 で ビルが倒れました。

原因　　　　　　　　　　　　　　　結果

じしん
地震（地震）　　導致　　たお
ビルが倒れる（大樓倒塌）

じしん
地震で　　　　　たお
ビルが倒れました

ビル
（大樓）

たお
倒れる（倒塌）

名詞加上「で」，表示「原因、理由」。

*【動詞原形】：倒れる（倒塌、倒下）。【ます形】：倒れます。【ます形過去式】：倒れました。

因為地震，所以大樓倒塌了。

2. い形容詞 ＋ て / で

● 【意義】：表示「因為…」。後面會接「所導致的結果」。

● 【字尾變化原則】： 要變化的部分　變成　く ＋ て

	不變化	要變化	→	不變化	く ＋ て
狭い（狹窄的） →	狭	い	→	狭	くて（因為狹窄，所以…）
小さい（小的）→	小さ	い	→	小さ	くて（因為小，所以…）
難しい（困難的）→	難し	い	→	難し	くて（因為困難，所以…）

● 【情境範例】： 因為…所以… 的表現方式　　　❶ 狭い（狹窄的）

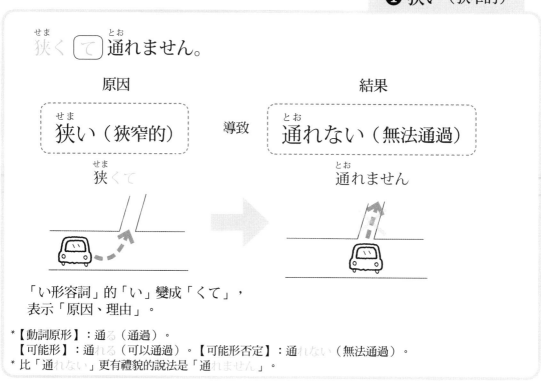

狭く て 通れません。

原因		結果
狭い（狹窄的）	導致	通れない（無法通過）
狭くて		通れません

「い形容詞」的「い」變成「くて」，
表示「原因、理由」。

* 【動詞原形】：通る（通過）。
　【可能形】：通れる（可以通過）。【可能形否定】：通れない（無法通過）。
* 比「通れない」更有禮貌的說法是「通れません」。

因為太窄，所以無法通過。

❷ 小さい（小的）

字が小さく て 読めません。

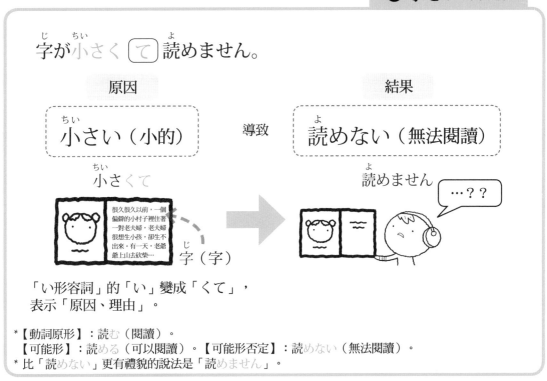

「い形容詞」的「い」變成「くて」，
表示「原因、理由」。

* 【動詞原形】：読む（閱讀）。
  【可能形】：読める（可以閱讀）。【可能形否定】：読めない（無法閱讀）。
* 比「読めない」更有禮貌的說法是「読めません」。

因為字太小，所以無法閱讀。

❸ 難しい（困難的）

難しく て 分かりません。

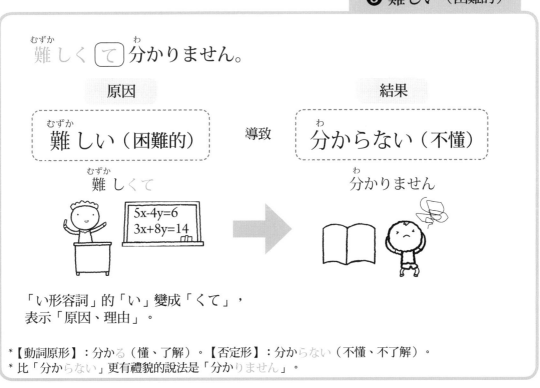

「い形容詞」的「い」變成「くて」，
表示「原因、理由」。

* 【動詞原形】：分かる（懂、了解）。【否定形】：分からない（不懂、不了解）。
* 比「分からない」更有禮貌的說法是「分かりません」。

因為太難，所以不懂。

3. な形容詞 ＋ 〔 て／で 〕

- 【意義】：表示「因為…」。後面會接「所導致的結果」。

- 【字尾變化原則】： 〔 な形容詞 〕 直接加上 〔 で 〕

な形容詞	＋ で
たいへん 大変	で（因為辛苦，所以…）
ひま 暇	で（因為空閒，所以…）
がくじゅつてき 学術的	で（因為學術性的，所以…）

たいへん
大変 （だ）（不得了、辛苦） →

ひま
暇 （だ）（空閒） →

がくじゅつてき
学術的 （だ）（學術性的） →

- 【情境範例】： 因為…所以… 的表現方式

❶ 大変（だ）（不得了；辛苦）

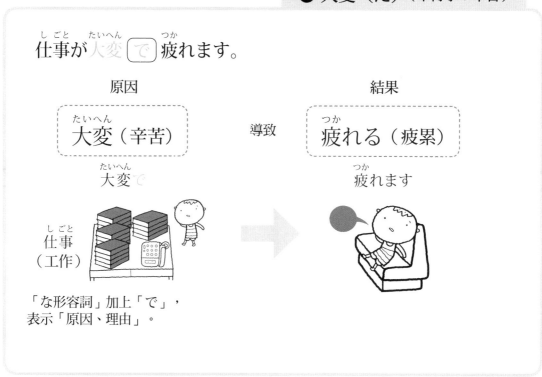

しごと　たいへん　　つか
仕事が 大変 で 疲れます。

原因　　　　　　　　　　　　結果

たいへん
大変（辛苦）　導致　つか
疲れる（疲累）

たいへん
大変で　　　　　　　　　つか
疲れます

しごと
仕事
（工作）

「な形容詞」加上「で」，
表示「原因、理由」。

因為工作很辛苦，所以很疲累。

❷ 暇（だ）（空閒）

暇（ひま）[で] 死（し）にそうです。

原因		結果
暇（ひま）（空閒）	導致	死にそうだ（快發瘋了）
暇（ひま）で		死（し）にそうです

暑假計畫表：

	7/23	7/24	7/25	……
早	睡覺	沒事做	沒事做	睡覺
中	沒事做	沒事做	沒事做	沒事做
晚	沒事做	睡覺	睡覺	沒事做

「な形容詞」加上「で」，
表示「原因、理由」。

* 「死にそうだ」（看起來好像要死了）：「死ぬ」（死）＋「そうだ」（表示樣態）的用法。
* 在這裡不是真的要死亡的意思，而是類似中文的「快要閒死了」「閒得快要發瘋了」。
* 比「そうだ」更有禮貌的說法是「そうです」。

因為很閒，導致閒到快發瘋了。

❸ 学術的（だ）（學術性的）

その本（ほん）は学術的（がくじゅつてき）[で] 難（むずか）しいです。

原因		結果
学術的（がくじゅつてき）（學術性的）	導致	難（むずか）しい（困難的）
学術的（がくじゅつてき）で		難（むずか）しいです

本（ほん）（書）
修辭學研究

修辭學研究
白馬非馬？

「な形容詞」加上「で」，
表示「原因、理由」。

* 「その」：那個〜。連體詞，後面要接名詞。

那本書因為是學術性的，所以很難。

209

4. 第一類動詞（動詞原形字尾 う、つ、る）＋ て / で

- 【意義】：表示「因為…」。後面會接「所導致的結果」。

- 【字尾變化原則】：　要變化的部分　變成　っ + て

	不變化	要變化	→	不變化	っ + て
吸う （吸） →	吸	う	→	吸	って（因為吸，所以…）
持つ （拿） →	持	つ	→	持	って（因為拿，所以…）
終わる（結束）→	終わ	る	→	終わ	って（因為結束，所以…）

- 【情境範例】：　因為…所以…　的表現方式

❶ 吸う（吸）

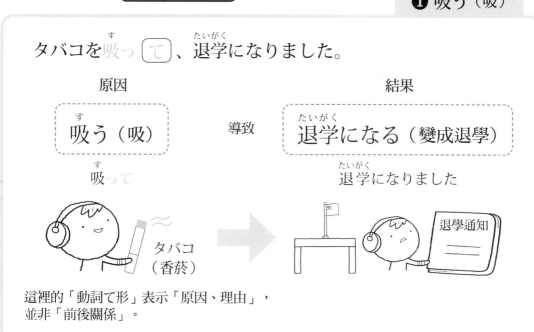

タバコを吸って、退学になりました。

原因		結果
吸う（吸）	導致	退学になる（變成退學）
吸って		退学になりました

タバコ（香菸）

退學通知

這裡的「動詞て形」表示「原因、理由」，並非「前後關係」。

* 【動詞原形】：なる（變成）。【ます形】：なります。【ます形過去式】：なりました。

因為吸菸，所以遭到退學。

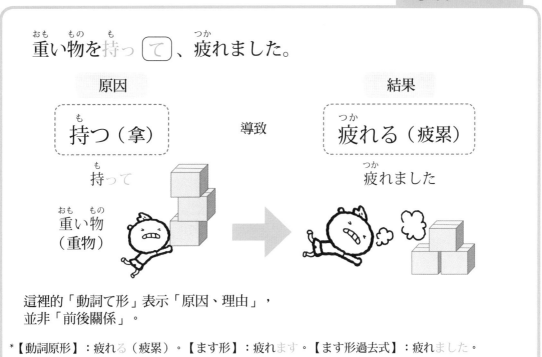

重い物を持って、疲れました。

原因　　**結果**

持つ（拿）　導致　疲れる（疲累）

持って　　疲れました

重い物（重物）

這裡的「動詞て形」表示「原因、理由」，
並非「前後關係」。

*【動詞原形】：疲れる（疲累）。【ます形】：疲れます。【ます形過去式】：疲れました。

因為拿重物，所以很累。

テストが終わって、嬉しいです。

原因　　**結果**

終わる（結束）　導致　嬉しい（開心）

終わって　　嬉しいです

考場　　考場

這裡的「動詞て形」表示「原因、理由」，
並非「前後關係」。

*「テスト」：考試。

因為考試結束，所以很開心。

5. 第一類動詞（動詞原形字尾 す） + て / で

- 【意義】：表示「因為…」。後面會接「所導致的結果」。

- 【字尾變化原則】： 要變化的部分 變成 し + て

	不變化	要變化	→	不變化	し + て
なくす （弄丟） →	なく	す	→	なく	して （因為弄丟，所以…）
こわ 壊す （弄壞） →	こわ 壊	す	→	こわ 壊	して （因為弄壞，所以…）
おも　だ 思い出す（想起）→	おも　だ 思い出	す	→	おも　だ 思い出	して （因為想起，所以…）

- 【情境範例】： 因為…所以… 的表現方式

❶ なくす（弄丟）

かね　　　　　　　　　　　　　おこ
お金をなくして、怒られました。

原因   結果

なくす（弄丟） → 導致 → おこ
怒られる（被罵）

なくして   おこ
怒られました

かね
お金
（錢）　　　　　　　……………

這裡的「動詞て形」表示「原因、理由」，
並非「前後關係」。

* 【動詞原形】：怒る（責罵）。【被動形】：怒られる（被罵）。
* 【被動形ます形】：怒られます。【被動形ます形過去式】：怒られました。

因為弄丟錢，所以被罵了。

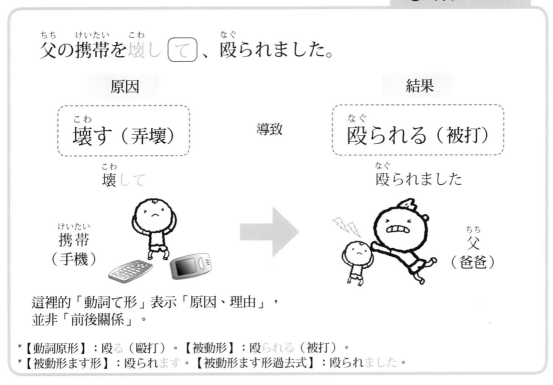

父の携帯を壊して、殴られました。

這裡的「動詞て形」表示「原因、理由」，並非「前後關係」。

*【動詞原形】：殴る（毆打）。【被動形】：殴られる（被打）。
*【被動形ます形】：殴られます。【被動形ます形過去式】：殴られました。

因為弄壞爸爸的手機，所以被打了。

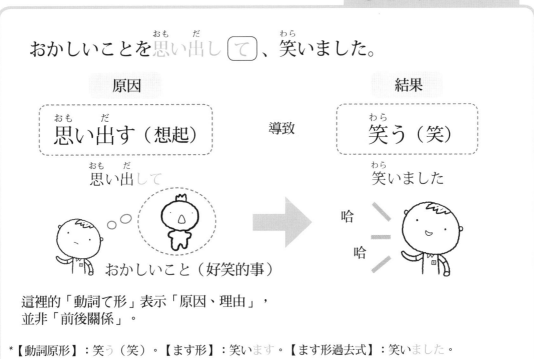

おかしいことを思い出して、笑いました。

這裡的「動詞て形」表示「原因、理由」，並非「前後關係」。

*【動詞原形】：笑う（笑）。【ます形】：笑います。【ます形過去式】：笑いました。

因為想起好笑的事，所以笑了。

6. 第一類動詞（動詞原形字尾 く、ぐ）＋ て / で

- 【意義】：表示「因為…」。後面會接「所導致的結果」。
- 【字尾く的變化原則】：　要變化的部分　變成　い＋て
- 【字尾ぐ的變化原則】：　要變化的部分　變成　い＋で

	不變化	要變化	→	不變化	い＋て
働く（工作）→	働	く	→	働	い て（因為工作，所以…）

	不變化	要變化	→	不變化	い＋で
泳ぐ（游泳）→	泳	ぐ	→	泳	い で（因為游泳，所以…）
脱ぐ（脱掉）→	脱	ぐ	→	脱	い で（因為脱掉，所以…）

- 【情境範例】：　因為…所以…　的表現方式

❶ 働く（工作）

夜中まで 働い て 、疲れました。

原因		結果
働く（工作）	導致	疲れる（疲累）

働いて
pm 11:00

疲れました

這裡的「動詞て形」表示「原因、理由」，
並非「前後關係」。

＊「まで」：助詞，表示「到～為止」。

因為工作到半夜，所以累了。

彼女は風邪をひい　て　、学校を休みました。

原因		結果
風邪をひく（感冒）	導致	学校を休む（向學校請假）

風邪をひいて　　　　　　　　　学校を休みました

彼女
（她）

這裡的「動詞て形」表示「原因、理由」，
並非「前後關係」。

＊【動詞原形】：休む（請假）。【ます形】：休みます。【ます形過去式】：休みました。

她因為感冒，所以向學校請假了。

３キロ泳い　で　、足が痛くなりました。

原因		結果
泳ぐ（游泳）	導致	足が痛くなる（腳變痛）

泳いで　　　　　　　　　足が痛くなりました

３キロ（3公里）

痛い
（疼痛）

這裡的「動詞て形」表示「原因、理由」，
並非「前後關係」。

＊「痛い」：い形容詞。接續「なる」（變成）時，字尾「い」要變成「く」。所以是「痛くなる」。

因為游了３公里，所以腳痛了。

215

7. 第一類動詞（動詞原形字尾 ぬ、む、ぶ）　**+**　て/で

- 【意義】：表示「因為…」。後面會接「所導致的結果」。

- 【字尾變化原則】：　要變化的部分　變成　ん + で

	不變化	要變化	→	不變化	ん + で
死ぬ（死亡）→	死	ぬ	→	死	ん で（因為死亡，所以…）
飲む（喝）→	飲	む	→	飲	ん で（因為喝，所以…）
運ぶ（搬運）→	運	ぶ	→	運	ん で（因為搬運，所以…）

- 【情境範例】：　因為…所以…　的表現方式　　　❶ 死ぬ（死亡）

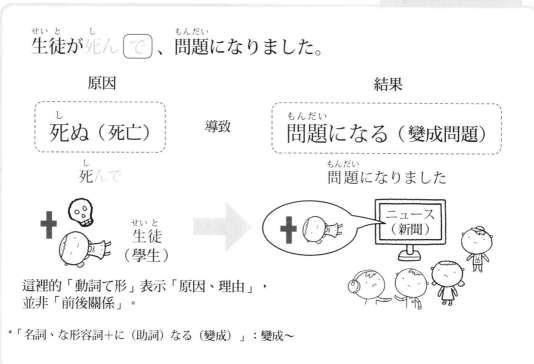

生徒が死んで、問題になりました。

原因		結果
死ぬ（死亡）	導致	問題になる（變成問題）

死んで　　　　　　　　　　問題になりました

生徒（學生）　　　　　　　ニュース（新聞）

這裡的「動詞て形」表示「原因、理由」，
並非「前後關係」。

*「名詞、な形容詞＋に（助詞）なる（變成）」：變成～

因為學生死亡，所以變成了（大家關注的）問題。

たくさんお酒を飲ん で 、二日酔いになりました。

| 原因 | | 結果 |

飲む（喝）　　　導致　　　二日酔いになる（宿醉）

飲んで　　　　　　　　　二日酔いになりました

お酒（酒）　　　　　　　翌日（隔天）　　二日酔い（宿醉）

這裡的「動詞て形」表示「原因、理由」，並非「前後關係」。

＊「たくさん」：很多。

因為喝很多酒，所以宿醉了。

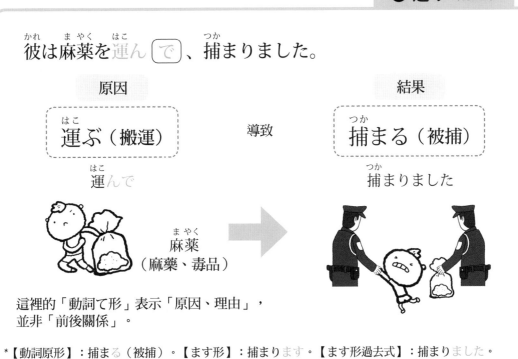

彼は麻薬を運ん で 、捕まりました。

| 原因 | | 結果 |

運ぶ（搬運）　　　導致　　　捕まる（被捕）

運んで　　　　　　　　　捕まりました

麻薬（麻藥、毒品）

這裡的「動詞て形」表示「原因、理由」，並非「前後關係」。

＊【動詞原形】：捕まる（被捕）。【ます形】：捕まります。【ます形過去式】：捕まりました。

他因為運毒，所以被逮捕了。

8.第二類動詞（上一段＆下一段動詞） ＋ て / で

- 【意義】：表示「因為…」。後面會接「所導致的結果」。
- 【字尾變化原則】： る 變成 て

	不變化	要變化	→	不變化	＋ て
見る （看） →	見	る	→	見	て（因為看，所以…）
信じる（相信）→	信じ	る	→	信じ	て（因為相信，所以…）
出る （出去）→	出	る	→	出	て（因為出去，所以…）
遅れる（延誤）→	遅れ	る	→	遅れ	て（因為延誤，所以…）

- 【情境範例】： 因為…所以… 的表現方式

❶ 見る（看）

その映画を見 て 、悲しくなりました。

原因		結果
見る（看）	導致	悲しくなる（變悲傷）

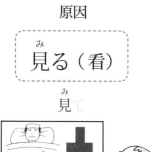
見て
映画（電影）

悲しくなりました
悲しい（悲傷）

這裡的「動詞て形」表示「原因、理由」，
並非「前後關係」。

* 「悲しい」：い形容詞。接續「なる」（變成）時，字尾「い」要變成「く」。所以是「悲しくなる」。

因為看了那部電影，所以變得悲傷。

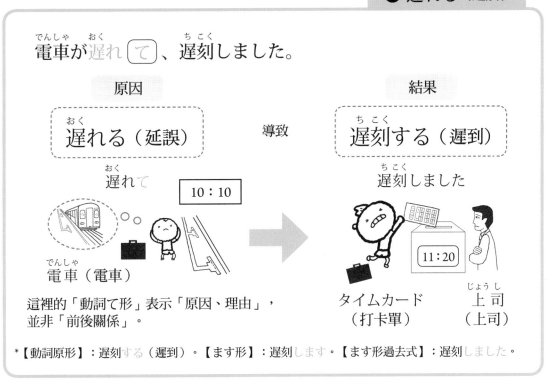

電車が 遅れ て 、遅刻しました。

原因

遅れる（延誤）　導致　　結果

遅刻する（遅到）

遅れて

10：10

遅刻しました

電車（電車）

這裡的「動詞て形」表示「原因、理由」，
並非「前後關係」。

タイムカード　　上司
（打卡單）　　（上司）

11：20

*【動詞原形】：遅刻する（遅到）。【ます形】：遅刻します。【ます形過去式】：遅刻しました。

因為電車誤點，所以遲到了。

彼は刺身を食べ て 、お腹を壊しました。

原因

食べる（吃）　導致　　結果

お腹を壊す（吃壞肚子）

食べて

お腹を壊しました

刺身（生魚片）

這裡的「動詞て形」表示「原因、理由」，
並非「前後關係」。

お腹（肚子）

*【動詞原形】：壊す（弄壞）。【ます形】：壊します。【ます形過去式】：壊しました。

他因為吃生魚片，所以吃壞肚子了。

9. 第三類動詞（来る、する、〜する） ＋ て / で

- 【意義】：表示「因為…」。後面會接「所導致的結果」。
- 【来る 的變化原則】： る 變成 て　*注意：「来」要改變發音
- 【する、〜する 的變化原則】： する 變成 して

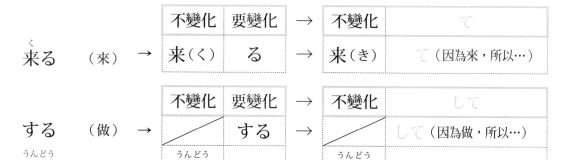

	不變化	要變化	→	不變化	て
来る （來） →	来（く）	る	→	来（き）	て（因為來，所以…）

	不變化	要變化	→	不變化	して
する （做） →	/	する	→	/	して（因為做，所以…）
運動する（運動） →	運動	する	→	運動	して（因為運動，所以…）

- 【情境範例】： **因為…所以…** 的表現方式

❶ 来る（來）

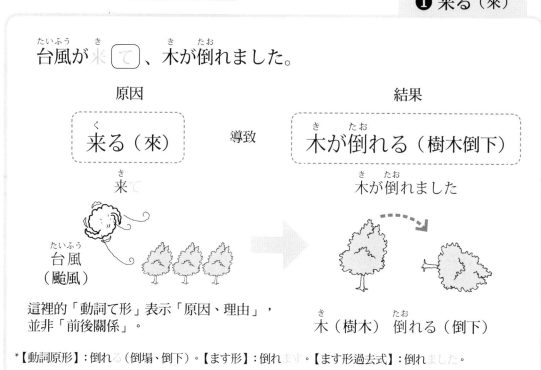

台風が 来 て 、木が倒れました。

原因		結果
来る（來）	導致	木が倒れる（樹木倒下）

来て

木が倒れました

台風（颱風）

木（樹木） 倒れる（倒下）

這裡的「動詞て形」表示「原因、理由」，
並非「前後關係」。

*【動詞原形】：倒れる（倒塌、倒下）。【ます形】：倒れます。【ます形過去式】：倒れました。

因為颱風來，所以樹木倒了。

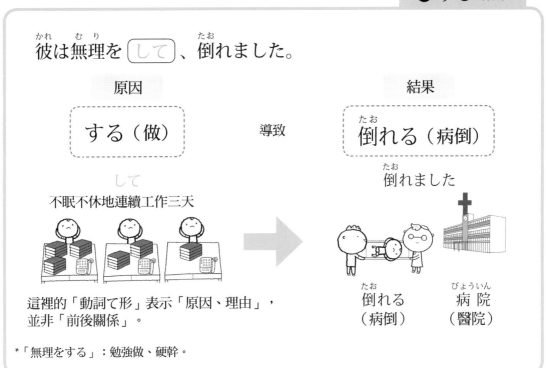

彼は無理を して 、倒れました。

原因　　　　　　　　　　　結果

する（做）　　　導致　　倒れる（病倒）

して　　　　　　　　　　倒れました

不眠不休地連續工作三天

這裡的「動詞て形」表示「原因、理由」，
並非「前後關係」。

倒れる　　病 院
（病倒）　（醫院）

＊「無理をする」：勉強做、硬幹。

他因為勉強硬撐，所以病倒了。

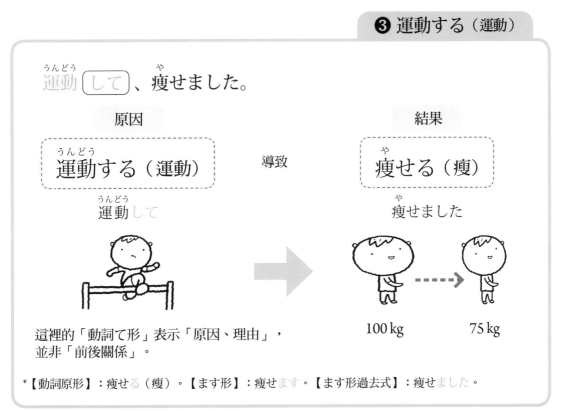

運動 して 、痩せました。

原因　　　　　　　　　　　結果

運動する（運動）　導致　　痩せる（痩）

運動 して　　　　　　　　痩せました

這裡的「動詞て形」表示「原因、理由」，
並非「前後關係」。

100 kg　　　　　75 kg

＊【動詞原形】：痩せる（痩）。【ます形】：痩せます。【ます形過去式】：痩せました。

因為運動，所以瘦了。

關於【ながら】的基本認識

- 「ながら形」表示「同時做兩個動作」，類似中文的「一邊…，一邊…」。
- 以文型結構來說，重點在「後面的動作」，表示「做後面的動作，順便做前面的動作」。

比較

「動詞原形」和「動詞ながら形」的差異是：

【動詞原形】= 聽

き
聴く

【動詞原形】可用於表示：

- 事實
- 一般現象（例如：下雨、出太陽）
- 一般動作（例如：吃飯、睡覺）
- 將要發生的事或行為

【動詞ながら形】= 一邊…，順便一邊聽

き
聴きながら、　　勉強する
べんきょう

【動詞ながら形】可用於表示：

- 一邊做後面的動作，順便一邊做前面的動作

動作 1　　　同時　　　動作 2

222

【ながら：字尾變化原則】總整理

詞類	詞彙	意義		不變化	字尾變化
第一類動詞	飲_のむ	（喝）	→	飲_の	み ながら
第二類動詞	食_たべる	（吃）	→	食_たべ	ながら
第三類動詞	来_くる	（來）	→	来_き	ながら
第三類動詞	する	（做）	→	/	し ながら

1. 第一類動詞（五段動詞） ＋ ながら

- **【意義】**：同時做兩個動作，類似中文的「一邊…，一邊…」。以文型結構來說，重點在「後面的動作」，表示「做後面的動作，順便做前面的動作」。

- **【字尾變化原則】**： 要變化的部分 變成 i 段音 ＋ ながら

	不變化	要變化	→	不變化	i 段音 ＋ ながら
洗<small>あら</small>う（洗）→	洗<small>あら</small>	う	→	洗<small>あら</small>	い ながら（做…，順便一邊洗）
干<small>ほ</small>す（曬乾）→	干<small>ほ</small>	す	→	干<small>ほ</small>	し ながら（做…，順便一邊曬）
畳<small>たた</small>む（折疊）→	畳<small>たた</small>	む	→	畳<small>たた</small>	み ながら（做…，順便一邊折疊）

- **【情境範例】**：同時做 **動作 1 ＋ 動作 2** 的表現方式　　❶ 聴く（聽）

音楽<small>おんがく</small>を 聴<small>き</small> ながら 勉強<small>べんきょう</small>します。

動作 1		動作 2
音楽<small>おんがく</small>を聴<small>き</small>く（聽音樂）	同時	勉強<small>べんきょう</small>する（念書）

音楽<small>おんがく</small>を聴<small>き</small>きながら　　　　　　　　勉強<small>べんきょう</small>します

將前面的動作（動作 1）變成「ながら形」，再連接後面的動作。

重點在後面的「動作 2」（念書），意思是做「動作 2」的時候，順便做「動作 1」（聽音樂）。

*「を」：助詞，表示「聴く」的對象是「音樂」。

一邊念書，順便一邊聽音樂。

❷ 話す（說）

話し　ながら　歩きます。

動作1		動作2

話す（說話）　　同時　　歩く（走路）

話しながら　　　　　　　歩きます

將前面的動作（動作1）變成「ながら形」，再連接後面的動作。

重點在後面的「動作2」（走路），意思是做「動作2」的時候，順便做「動作1」（說話）。

一邊走路，順便一邊說話。

❸ 飲む（喝）

お茶を飲み　ながら　映画を見ます。

動作1		動作2

お茶を飲む（喝茶）　同時　映画を見る（看電影）

お茶を飲みながら　　　　映画を見ます

將前面的動作（動作1）變成「ながら形」，再連接後面的動作。

重點在後面的「動作2」（看電影），意思是做「動作2」的時候，順便做「動作1」（喝茶）。

*「を」：助詞，表示「飲む」的對象是「お茶」，「見る」的對象是「映画」。

一邊看電影，順便一邊喝茶。

2. 第二類動詞（上一段＆下一段動詞）　＋　ながら

- 【意義】：同時做兩個動作，類似中文的「一邊…，一邊…」。以文型結構來說，重點在「後面的動作」，表示「做後面的動作，順便做前面的動作」。

- 【字尾變化原則】：　る　變成　ながら

	不變化	要變化	→	不變化	ながら
見る　（看）　→	み 見	る	→	み 見	ながら（做…，順便一邊看）
とお　す 通り過ぎる（經過）→	とお　す 通り過ぎ	る	→	とお　す 通り過ぎ	ながら（做…，順便一邊經過）
で 出る　（出去）　→	で 出	る	→	で 出	ながら（做…，順便一邊出去）
あ 上げる（舉起）→	あ 上げ	る	→	あ 上げ	ながら（做…，順便一邊舉起）

- 【情境範例】：同時做　動作 1 ＋ 動作 2　的表現方式

❶ 浴びる（淋）

あ　　　　　　　　　せ なか　　　　　　こす
シャワーを浴び ながら 、背中をスポンジで擦ります。

動作1		動作2
あ シャワーを浴びる（淋浴）	同時	せ なか　こす 背中を擦る（擦背）

あ
シャワーを浴びながら

せ なか　こす
背中を擦ります

スポンジで（用海綿）

將前面的動作（動作1）變成「ながら形」，再連接後面的動作。

重點在後面的「動作2」（擦背），意思是做「動作2」的時候，順便做「動作1」（淋浴）。

＊「で」：助詞，表示「方法」。

　一邊用海綿擦背，順便一邊沖澡。

❷ 混ぜる（攪拌）

野菜<ruby>や<rt>や</rt></ruby>を、よく 混<ruby>ま<rt>ま</rt></ruby>ぜ ながら 炒<ruby>いた<rt>いた</rt></ruby>めます。

動作1　　　　　　　　　　　　　動作2

混<ruby>ま<rt>ま</rt></ruby>ぜる（攪拌）　　同時　　炒<ruby>いた<rt>いた</rt></ruby>める（炒）

混ぜながら　　　　　　　　　　　炒めます

將前面的動作（動作1）變成「ながら形」，
再連接後面的動作。

重點在後面的「動作2」（炒），
意思是做「動作2」的時候，
順便做「動作1」（攪拌）。

＊「よく＋動詞」：仔細地～、充分地～。
＊「を」：助詞，表示「混ぜる」和「炒める」的對象都是「野菜」。

一邊炒菜，順便一邊充分攪拌。

❸ 食べる（吃）

ご飯<ruby>はん<rt>はん</rt></ruby>を食<ruby>た<rt>た</rt></ruby>べ ながら 、明日<ruby>あした<rt>あした</rt></ruby>の予定<ruby>よてい<rt>よてい</rt></ruby>を考<ruby>かんが<rt>かんが</rt></ruby>えます。

動作1　　　　　　　　　　　　　動作2

食<ruby>た<rt>た</rt></ruby>べる（吃）　　同時　　考<ruby>かんが<rt>かんが</rt></ruby>える（思考）

食べながら　　　　　　　　　　　考えます

　am 10:00　pm 3:00

將前面的動作（動作1）變成「ながら形」，
再連接後面的動作。

重點在後面的「動作2」（思考），
意思是做「動作2」的時候，
順便做「動作1」（吃）。

＊「を」：助詞，表示「食べる」的對象是「ご飯」，「考える」的對象是「明日の予定」。

一邊思考明天的計畫，順便一邊吃飯。

3. 第三類動詞（来る、する、～する）＋ ながら

- 【意義】：同時做兩個動作，類似中文的「一邊…，一邊…」。以文型結構來說，重點在「後面的動作」，表示「做後面的動作，順便做前面的動作」。

- 【来る 的變化原則】： る 變成 ながら　*注意：「来」要改變發音

- 【する、～する 的變化原則】： する 變成 し ＋ ながら

	不變化	要變化	→	不變化	ながら
来る（來）→	来	る	→	来	ながら（做…，順便一邊來）
[動詞て形+] 来る（做～回來）→	～て来	る	→	～て来	ながら（做…，順便一邊做～回來）

	不變化	要變化	→	不變化	し ＋ ながら
する（做）→		する	→		しながら（做…，順便一邊做）
振込みする（匯款）→	振込み	する	→	振込み	しながら（做…，順便一邊匯款）

- 【情境範例】：同時做 動作 1 ＋ 動作 2 的表現方式

❶ 持って来る（去拿來）

店員は、メニューを持って来 ながら お辞儀しました。

動作1		動作2
持って来る（去拿來）	同時	お辞儀する（鞠躬）
持って来ながら		お辞儀しました

將前面的動作（動作1）變成「ながら形」，再連接後面的動作。

重點在後面的「動作2」，意思是做「動作2」的時候，順便做「動作1」。

*【動詞原形】：お辞儀する（鞠躬）。【ます形】：お辞儀します。【ます形過去式】：お辞儀しました。

店員一邊鞠躬招呼，順便一邊去拿來菜單。

散歩（さんぽ）し ながら 考（かんが）え事（ごと）をします。

動作1		動作2
散歩（さんぽ）する（散步）	同時	考（かんが）え事（ごと）をする（想事情）

散歩（さんぽ）しながら　　　　　考（かんが）え事（ごと）をします

將前面的動作（動作1）變成「ながら形」，再連接後面的動作。

重點在後面的「動作2」（想事情），意思是做「動作2」的時候，順便做「動作1」（散步）。

一邊想事情，順便一邊散步。

弟（おとうと）は、勉強（べんきょう）し ながら 働（はたら）いています。

動作1		動作2
勉強（べんきょう）する（念書）	同時	働（はたら）く（工作）

勉強（べんきょう）しながら　　弟（おとうと）　　働（はたら）いています

將前面的動作（動作1）變成「ながら形」，再連接後面的動作。

重點在後面的「動作2」（工作），意思是做「動作2」的時候，順便做「動作1」（念書）。

* 【動詞原形】：働く。【動詞て形】：働いて。
* 【動詞て形＋いる】：働いている，表示目前的狀態。更有禮貌的說法是「働いています」。

弟弟目前一邊工作，順便一邊念書。（半工半讀）

關於【ば】的基本認識

意義

- 「ば形」表示「假如…的話」「如果…的話」。

比較

「原形」和「ば形」的差異是：

【原形】＝ 好吃

おいしい

【い形容詞：原形】可用於表示：

- 事實
- 一般現象

【ば形】＝ 如果好吃的話，就會…

おいしければ、
<ruby>行<rt>ぎょうれつ</rt></ruby> 列ができる

如果…

就會…

【い形容詞：ば形】可用於表示：

- 假如…的話、如果…的話

【ば：字尾變化原則】總整理

詞類	詞彙	意義		不變化	字尾變化
名詞	<ruby>学生<rt>がくせい</rt></ruby>	（學生）	→	<ruby>学生<rt>がくせい</rt></ruby>	であれば
い形容詞	おいしい	（好吃的）	→	おいし	ければ
な形容詞	<ruby>楽<rt>らく</rt></ruby>（だ）	（輕鬆）	→	<ruby>楽<rt>らく</rt></ruby>	であれば
第一類動詞	<ruby>休<rt>やす</rt></ruby>む	（休息）	→	<ruby>休<rt>やす</rt></ruby>	めば
第二類動詞	<ruby>開<rt>あ</rt></ruby>ける	（打開）	→	<ruby>開<rt>あ</rt></ruby>け	れば
第三類動詞	<ruby>来<rt>く</rt></ruby>る	（來）	→	<ruby>来<rt>く</rt></ruby>	れば
第三類動詞	する	（做）	→		すれば

1. 名詞 ＋ ば

- 【意義】：表示「假如…的話」「如果…的話」。

- 【字尾變化原則】： 名詞 ＋で ＋ あれ ＋ ば

名詞	＋で＋あれ＋ば
<ruby>昼<rt>ひる</rt></ruby> （白天） → <ruby>昼<rt>ひる</rt></ruby>	であれば （如果白天的話…）
<ruby>冬休み<rt>ふゆやす</rt></ruby>（寒假） → <ruby>冬休み<rt>ふゆやす</rt></ruby>	であれば （如果寒假的話…）
<ruby>連休<rt>れんきゅう</rt></ruby> （連假） → <ruby>連休<rt>れんきゅう</rt></ruby>	であれば （如果連假的話…）

- 【情境範例】： 如果…的話，就… 的表現方式

❶ <ruby>学生<rt>がくせい</rt></ruby>（學生）

<ruby>学生<rt>がくせい</rt></ruby>であれ ば 、<ruby>安<rt>やす</rt></ruby>くなります。

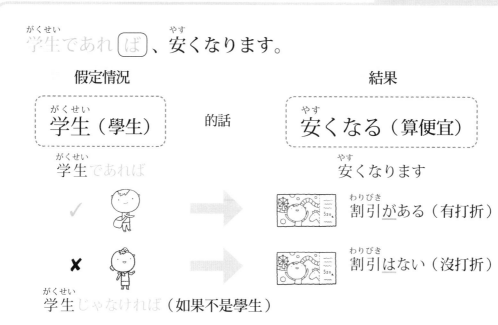

假定情況		結果
<ruby>学生<rt>がくせい</rt></ruby>（學生）	的話	<ruby>安<rt>やす</rt></ruby>くなる（算便宜）

<ruby>学生<rt>がくせい</rt></ruby>であれば

<ruby>安<rt>やす</rt></ruby>くなります

✓ → <ruby>割引<rt>わりびき</rt></ruby>がある（有打折）

✗ → <ruby>割引<rt>わりびき</rt></ruby>はない（沒打折）

<ruby>学生<rt>がくせい</rt></ruby>じゃなければ（如果不是學生）

*「安い」：い形容詞，便宜的。接續「なる」（變成）時，字尾「い」要變成「く」。所以是「安くなる」。
*「学生じゃなければ」是「学生じゃない」（不是學生）的「假定」，可參考下個單元「い形容詞假定」。

如果是學生，就會算便宜。

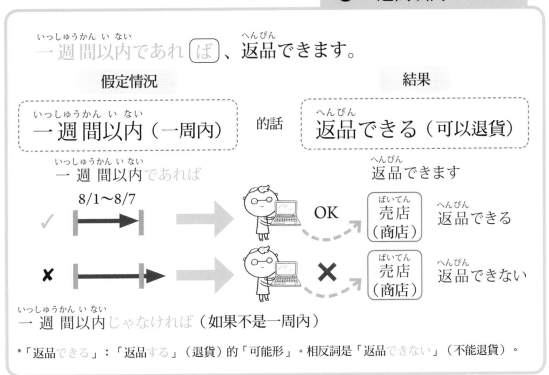

一週間以内であれ　ば　、返品できます。
いっしゅうかん い ない　　　　　　　　　　　　　　へんぴん

假定情況		結果
一週間以内（一周內） いっしゅうかん い ない	的話	返品できる（可以退貨） へんぴん

一週間以内であれば
いっしゅうかん い ない

返品できます
へんぴん

8/1～8/7

✓ ▶ OK → 売店（商店）ばいてん　返品できる へんぴん

✗ ▶ ✗ → 売店（商店）ばいてん　返品できない へんぴん

一週間以内じゃなければ（如果不是一周內）
いっしゅうかん い ない

*「返品できる」：「返品する」（退貨）的「可能形」。相反詞是「返品できない」（不能退貨）。

如果是一周內，就可以退貨。

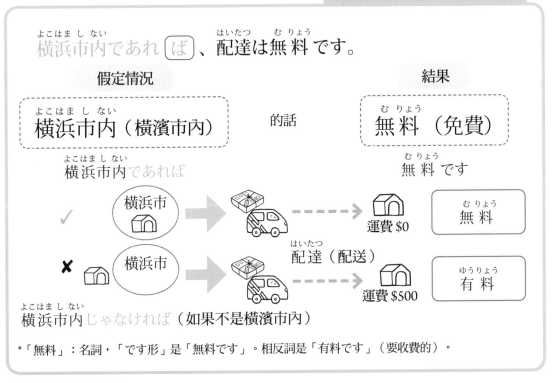

横浜市内であれ　ば　、配達は無料です。
よこはま し ない　　　　　　　　　はいたつ　むりょう

假定情況		結果
横浜市内（横濱市內） よこはま し ない	的話	無料（免費） むりょう

横浜市内であれば
よこはま し ない

無料です
むりょう

✓ 横浜市 → → 運費 $0　無料 むりょう

✗ 横浜市 → 配達（配送）はいたつ → 運費 $500　有料 ゆうりょう

横浜市内じゃなければ（如果不是横濱市內）
よこはま し ない

*「無料」：名詞，「です形」是「無料です」。相反詞是「有料です」（要收費的）。

如果是横濱市內，就免費配送。

233

2. い形容詞 + ［ ば ］

- 【意義】：表示「假如…的話」「如果…的話」。

- 【字尾變化原則】：　要變化的部分　變成　けれ ＋ ば

		不變化	要變化	→	不變化	けれ ＋ ば
高い	（高的）→	高	い	→	高	ければ（如果高的話…）
易しい	（簡單的）→	易し	い	→	易し	ければ（如果簡單的話…）
正しい	（正確的）→	正し	い	→	正し	ければ（如果正確的話…）

- 【情境範例】：　**如果…的話，就…**　的表現方式

❶ 近い（近的）

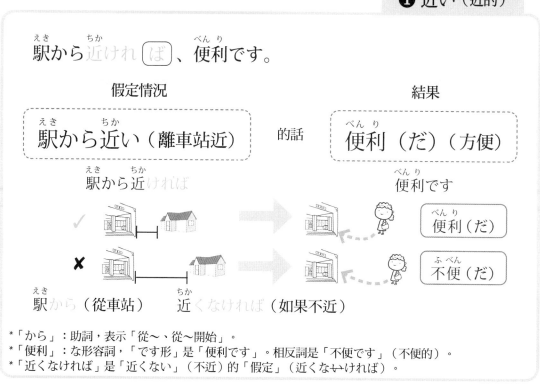

駅から近けれ［ ば ］、便利です。

假定情況		結果
駅から近い（離車站近）	的話	便利（だ）（方便）

駅から近ければ → 便利です → 便利（だ）

駅から（從車站）　近くなければ（如果不近）→ 不便（だ）

* 「から」：助詞，表示「從～、從～開始」。
* 「便利」：な形容詞，「です形」是「便利です」。相反詞是「不便です」（不便的）。
* 「近くなければ」是「近くない」（不近）的「假定」（近くな～ければ）。

如果離車站近，就很方便。

おいしけれ ば 、行列ができます。

假定情況		結果

おいしい（好吃的） 的話 行列ができる（造成排隊）

おいしければ　　　　　　　　　　　行列ができます

行列ができません
（不會造成排隊）

おいしくなければ（如果不好吃）

*「行列」：隊伍。「が」：助詞。「できます」：形成、造成。
*「おいしくなければ」是「おいしくない」（不好吃）的「假定」（おいしくない ければ）。

如果好吃，就會造成排隊。

品質が悪けれ ば 、売れません。

假定情況		結果

品質が悪い（品質差） 的話 売れない（賣不掉）

品質が悪ければ　　　　　　　　　　売れません

品質が悪くなければ（如果品質不差）　　　　　　売れます（售出）

*「悪くなければ」是「悪くない」（不差）的「假定」（悪くない ければ）。
*【動詞原形】：売れる（售出）。【否定形】：売れない。【ます形】：売れます，【ます形否定】：
　売れません。

如果品質差，就會賣不掉。

235

3. な形容詞 ＋ ば

● 【意義】：表示「假如…的話」「如果…的話」。

● 【字尾變化原則】：な形容詞 ＋で ＋ あれ ＋ ば

な形容詞	＋ で ＋ あれ ＋ ば
べんり 便利	であれば（如果方便的話…）
しず 静か	であれば（如果安靜的話…）
しあわ 幸せ	であれば（如果幸福的話…）

便利（だ）（方便的） →

静か（だ）（安靜的） →

幸せ（だ）（幸福的） →

● 【情境範例】：如果…的話，就… 的表現方式

❶ ハンサム（だ）（帥）

ハンサムであれ ば 、女性にもてます。

假定情況　　　　　　　　　　　　　結果

ハンサム（帥）　的話　女性にもてる（受女生歡迎）

ハンサムであれば　　　　　　　　女性にもてます

ハンサムじゃなければ（如果不帥）　女性にもてません（不受女生歡迎）

*「對象＋に（助詞）＋もてる」：受某對象歡迎。
*「ハンサムじゃなければ」是「ハンサムじゃない」（不帥）的「假定」（ハンサムじゃないければ）。

如果長得帥，就會受女生歡迎。

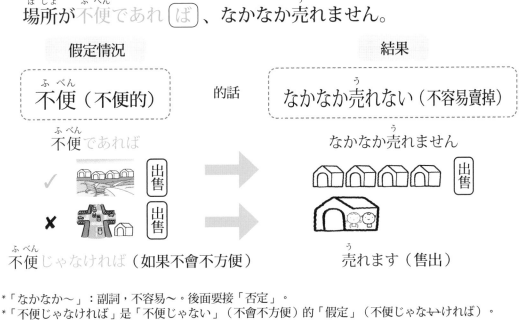

場所が不便であれ ば 、なかなか売れません。

假定情況　　　　　　　　　　　　　　結果

不便（不便的）　　的話　　なかなか売れない（不容易賣掉）

不便であれば　　　　　　　　　　なかなか売れません

✔

✘

不便じゃなければ（如果不會不方便）　　売れます（售出）

*「なかなか～」：副詞，不容易～。後面要接「否定」。
*「不便じゃなければ」是「不便じゃない」（不會不方便）的「假定」（不便じゃないければ）。

如果地點不便，就不容易賣掉。

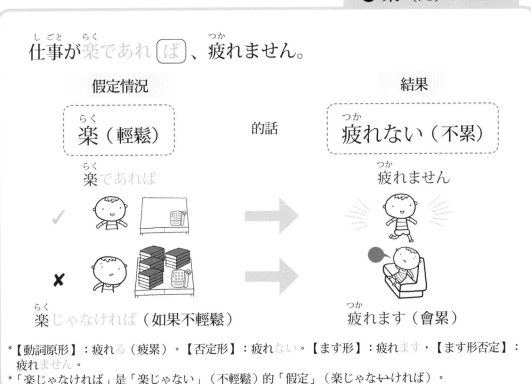

仕事が楽であれ ば 、疲れません。

假定情況　　　　　　　　　　　　　　結果

楽（輕鬆）　　的話　　疲れない（不累）

楽であれば　　　　　　　　　　疲れません

✔

✘

楽じゃなければ（如果不輕鬆）　　疲れます（會累）

*【動詞原形】：疲れる（疲累）。【否定形】：疲れない。【ます形】：疲れます，【ます形否定】：疲れません。
*「楽じゃなければ」是「楽じゃない」（不輕鬆）的「假定」（楽じゃないければ）。

如果工作輕鬆，就不會累。

237

4. 第一類動詞（五段動詞） ＋ ば

● 【意義】：表示「假如…的話」「如果…的話」。

● 【字尾變化原則】： 要變化的部分 變成 e 段音 ＋ ば

	不變化	要變化	→	不變化	e 段音 ＋ ば
買う（買）→	買	う	→	買	え ば（如果買的話…）
出す（拿出）→	出	す	→	出	せ ば（如果拿出的話…）
待つ（等待）→	待	つ	→	待	て ば（如果等待的話…）

● 【情境範例】： 如果…的話，就… 的表現方式

❶ 押す（按）

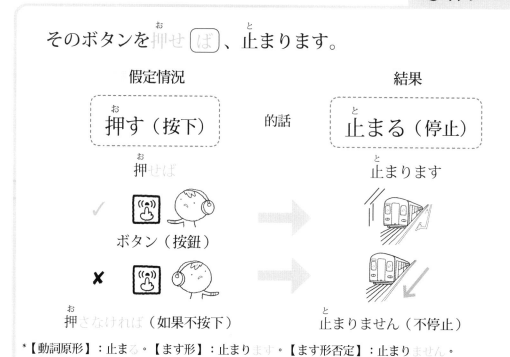

そのボタンを押せ ば 、止まります。

假定情況		結果
押す（按下）	的話	止まる（停止）

押せば → 止まります

ボタン（按鈕）

✗ 押さなければ（如果不按下） → 止まりません（不停止）

*【動詞原形】：止まる。【ます形】：止まります。【ます形否定】：止まりません。
*「押さなければ」是「押さない」（不按）的「假定」（押さなければ）。

如果按下那個按鈕，就會停止。

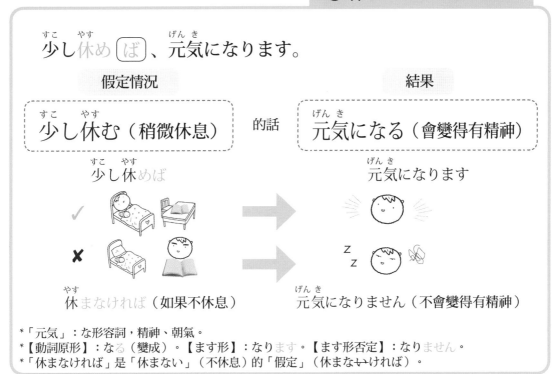

少し休め ば 、元気になります。

假定情況　　　　　　　　　　　　　　　結果

少し休む（稍微休息）　的話　　元気になる（會變得有精神）

少し休めば　　　　　　　　　元気になります

✓

✗

休まなければ（如果不休息）　　元気になりません（不會變得有精神）

* 「元気」：な形容詞，精神、朝氣。
* 【動詞原形】：なる（變成）。【ます形】：なります。【ます形否定】：なりません。
* 「休まなければ」是「休まない」（不休息）的「假定」（休まな～ければ）。

如果稍微休息，就會變得有精神。

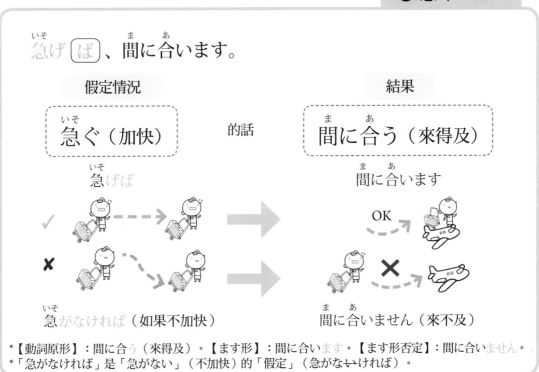

急げ ば 、間に合います。

假定情況　　　　　　　　　　　　　　　結果

急ぐ（加快）　的話　　間に合う（來得及）

急げば　　　　　　　　　間に合います

✓　　　　　　　　　　　　　OK

✗

急がなければ（如果不加快）　　間に合いません（來不及）

* 【動詞原形】：間に合う（來得及）。【ます形】：間に合います。【ます形否定】：間に合いません。
* 「急がなければ」是「急がない」（不加快）的「假定」（急がな～ければ）。

如果加快（動作），就會來得及。

表示【假定】：ば

MP3 086

5. 第二類動詞（上一段＆下一段動詞） ＋ ば

- 【意義】：表示「假如…的話」「如果…的話」。
- 【字尾變化原則】： る 變成 れ＋ば

	不變化	要變化	→	不變化	れ＋ば
見る （看） →	見	る	→	見	れば（如果看的話…）
伸びる（伸長）→	伸び	る	→	伸び	れば（如果伸長的話…）
寝る （睡）→	寝	る	→	寝	れば（如果睡的話…）
下げる（降低）→	下げ	る	→	下げ	れば（如果降低的話…）

- 【情境範例】： 如果…的話，就… 的表現方式

❶ 煮る（煮）

よく煮れ ば 、においはなくなります。

假定情況		結果
よく煮る（充分燉煮）	的話	においはなくなる（怪味會消失）

 よく煮れば   においはなくなります

よく煮なければ（如果不充分燉煮） においはなくなりません（怪味不消失）

＊「よく」副詞，充分地。「におい」：氣味、臭味、怪味。
＊「なくなる」：消失、變成沒有。「ない」（沒有）＋「〜なる」（變成〜）（ない↓なくなる）。
＊「煮なければ」是「煮ない」（不燉煮）的「假定」（煮な↓ければ）。

如果煮得夠久，怪味就會消失。

240

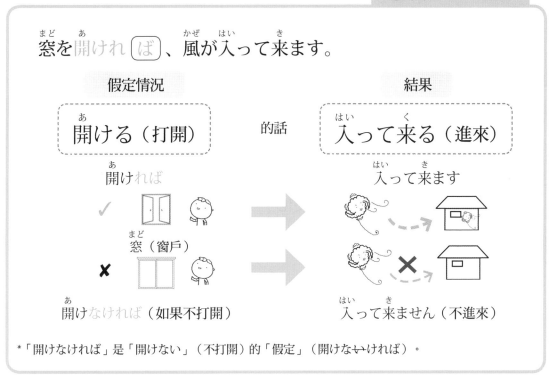

窓を開ければ、風が入って来ます。

假定情況　　　　　　　　　　　結果

開ける（打開）　　的話　　入って来る（進來）

開ければ　　　　　　　　　　　入って来ます
✓　　　窓（窗戶）
✗

開けなければ（如果不打開）　　入って来ません（不進來）

＊「開けなければ」是「開けない」（不打開）的「假定」（開けな~いければ）。

如果打開窗戶，風就會進來。

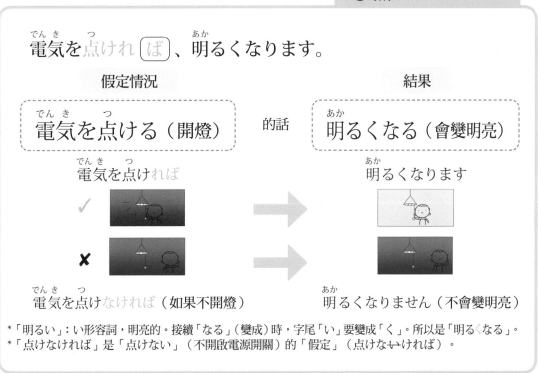

電気を点ければ、明るくなります。

假定情況　　　　　　　　　　　結果

電気を点ける（開燈）　　的話　　明るくなる（會變明亮）

電気を点ければ　　　　　　　　　明るくなります
✓
✗

電気を点けなければ（如果不開燈）　　明るくなりません（不會變明亮）

＊「明るい」：い形容詞，明亮的。接續「なる」（變成）時，字尾「い」要變成「く」。所以是「明るくなる」。
＊「点けなければ」是「点けない」（不開啟電源開關）的「假定」（点けな~いければ）。

如果打開電燈，就會變明亮。

6. 第三類動詞（来る、する、～する） **＋** | ば |

- 【意義】：表示「假如…的話」「如果…的話」。
- 【来る 的變化原則】： | る | 變成 | れ ＋ ば |
- 【する、～する 的變化原則】： | する | 變成 | すれ ＋ ば |

来る （來） →	不變化	要變化	→	不變化	れ ＋ ば
	来	る	→	来	れば（如果來的話…）

する （做） →	不變化	要變化	→	不變化	すれ ＋ ば
	/	する	→	/	すれば（如果做的話…）
再婚する（再婚）→	再婚	する	→	再婚	すれば（如果再婚的話…）

- 【情境範例】： **如果…的話，就…** 的表現方式

❶ 来る（來）

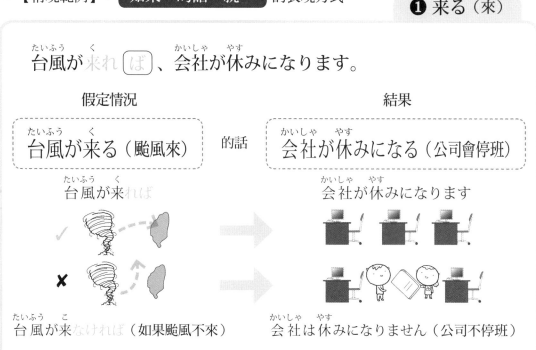

台風が来れ ば 、会社が休みになります。

假定情況

台風が来る（颱風來） 的話

結果

会社が休みになる（公司會停班）

台風が来れば

会社が休みになります

台風が来なければ（如果颱風不來）

会社は休みになりません（公司不停班）

＊「来（こ）なければ」是「来（こ）ない」（不來）的「假定」（来（こ）なければ）。

如果颱風來，公司就會停班。

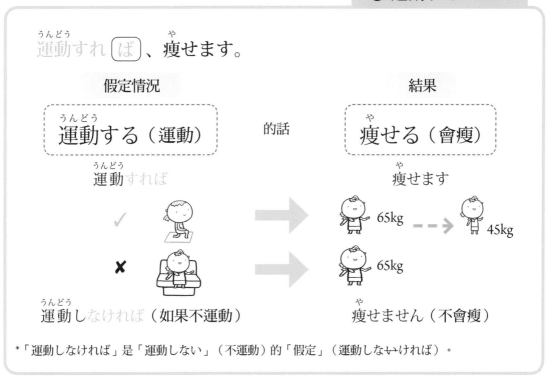

<ruby>運<rt>うん</rt></ruby><ruby>動<rt>どう</rt></ruby>すれ ［ば］ 、<ruby>痩<rt>や</rt></ruby>せます。

假定情況　　　　　　　　　　　　　結果

<ruby>運<rt>うん</rt></ruby><ruby>動<rt>どう</rt></ruby>する（運動）　　的話　　<ruby>痩<rt>や</rt></ruby>せる（會瘦）

<ruby>運<rt>うん</rt></ruby><ruby>動<rt>どう</rt></ruby>すれば　　　　　　　　　痩せます

✓　　　　　　　　　　　　　　65kg　　45kg

✗　　　　　　　　　　　　　　65kg

<ruby>運<rt>うん</rt></ruby><ruby>動<rt>どう</rt></ruby>しなければ（如果不運動）　　　<ruby>痩<rt>や</rt></ruby>せません（不會瘦）

*「運動しなければ」是「運動しない」（不運動）的「假定」（運動しな<del>い</del>ければ）。

如果運動，就會瘦。

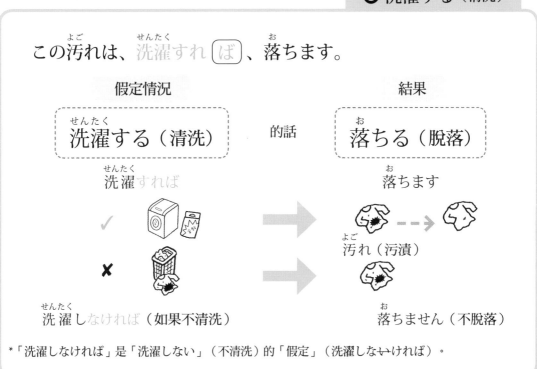

この<ruby>汚<rt>よご</rt></ruby>れは、<ruby>洗<rt>せん</rt></ruby><ruby>濯<rt>たく</rt></ruby>すれ ［ば］ 、<ruby>落<rt>お</rt></ruby>ちます。

假定情況　　　　　　　　　　　　　結果

<ruby>洗<rt>せん</rt></ruby><ruby>濯<rt>たく</rt></ruby>する（清洗）　　的話　　<ruby>落<rt>お</rt></ruby>ちる（脫落）

<ruby>洗<rt>せん</rt></ruby><ruby>濯<rt>たく</rt></ruby>すれば　　　　　　　　　落ちます

✓　　　　　　　　　　<ruby>汚<rt>よご</rt></ruby>れ（污漬）

✗

<ruby>洗<rt>せん</rt></ruby><ruby>濯<rt>たく</rt></ruby>しなければ（如果不清洗）　　　<ruby>落<rt>お</rt></ruby>ちません（不脫落）

*「洗濯しなければ」是「洗濯しない」（不清洗）的「假定」（洗濯しな<del>い</del>ければ）。

如果清洗，這個污漬就會脫落。

【名詞】：接續 18 種字尾變化的原則

学生　　灰底：表示無此接續

字尾變化			接續結果	
斷定	だ	→	学生だ	是學生
斷定（過去式）	だった	→	学生だった	以前是學生
斷定	です	→	学生です	是學生
斷定（過去式）	でした	→	学生でした	以前是學生
禮儀	ます	→		
禮儀（過去式）	ました	→		
否定	ない	→	学生じゃない	不是學生
否定（過去式）	なかった	→	学生じゃなかった	以前不是學生
過去	た	→	学生だった	以前是學生
希望	たい	→		
可能	れる / られる	→		
被動	れる / られる	→		
使役	せる / させる	→		
傳聞	そうだ	→	学生だそうだ	聽說是學生
樣態	そうだ	→		
比況	ようだ	→	学生のようだ	看到…，經過判斷後覺得好像是學生
很有…的樣子	らしい	→	学生らしい	是學生，而且很有學生的樣子
推定	らしい	→	学生らしい	聽某人說…，間接判斷或猜測好像是學生
前後關係	て / で	→		
原因理由	て / で	→	学生で	因為是學生
同時	ながら	→		
假定	ば	→	学生であれば	如果是學生的話

【い形容詞】：接續 18 種字尾變化的原則

おいしい　　灰底：表示無此接續

字尾變化			接續結果	
斷定	だ	→		
斷定（過去式）	だった	→		
斷定	です	→	おいしいです	是好吃的
斷定（過去式）	でした	→		
禮儀	ます	→		
禮儀（過去式）	ました	→		
否定	ない	→	おいしくない	不好吃的
否定（過去式）	なかった	→	おいしくなかった	以前是不好吃的
過去	た	→	おいしかった	以前是好吃的
希望	たい	→		
可能	れる / られる	→		
被動	れる / られる	→		
使役	せる / させる	→		
傳聞	そうだ	→	おいしいそうだ	聽說是好吃的
樣態	そうだ	→	おいしそうだ	看起來好像很好吃的樣子
比況	ようだ	→	おいしいようだ	看到…，經過判斷後覺得好像很好吃
很有…的樣子	らしい	→		
推定	らしい	→	おいしいらしい	聽某人說…，間接判斷或猜測好像很好吃
前後關係	て / で	→		
原因理由	て / で	→	おいしくて	因為好吃
同時	ながら	→		
假定	ば	→	おいしければ	如果好吃的話

【な形容詞】：接續 18 種字尾變化的原則

静か（だ） 灰底：表示無此接續

字尾變化			接續結果	
斷定	だ	→	静かだ	是安靜的
斷定（過去式）	だった	→	静かだった	以前是安靜的
斷定	です	→	静かです	是安靜的
斷定（過去式）	でした	→	静かでした	以前是安靜的
禮儀	ます	→		
禮儀（過去式）	ました	→		
否定	ない	→	静かじゃない	不安靜
否定（過去式）	なかった	→	静かじゃなかった	以前不安靜
過去	た	→	静かだった	以前是安靜的
希望	たい	→		
可能	れる / られる	→		
被動	れる / られる	→		
使役	せる / させる	→		
傳聞	そうだ	→	静かだそうだ	聽說是安靜的
樣態	そうだ	→	静かそうだ	看起來好像很安靜的樣子
比況	ようだ	→	静かなようだ	看到…，經過判斷後覺得好像很安靜
很有…的樣子	らしい	→		
推定	らしい	→	静からしい	聽某人說…，間接判斷或猜測好像很安靜
前後關係	て / で	→		
原因理由	て / で	→	静かで	因為安靜
同時	ながら	→		
假定	ば	→	静かであれば	如果安靜的話

【第一類動詞】：接續 18 種字尾變化的原則

買う ^か

灰底：表示無此接續

字尾變化			接續結果	
斷定	だ	→		
斷定（過去式）	だった	→		
斷定	です	→		
斷定（過去式）	でした	→		
禮儀	ます	→	買います	買
禮儀（過去式）	ました	→	買いました	買了
否定	ない	→	買わない	不買
否定（過去式）	なかった	→	買わなかった	之前不買
過去	た	→	買った	買了
希望	たい	→	買いたい	想要買
可能	れる / られる	→	買える	可以買
被動	れる / られる	→	買われる	被買
使役	せる / させる	→	買わせる	要求某人買
傳聞	そうだ	→	買うそうだ	聽說要買
樣態	そうだ	→	買いそうだ	看起來好像要買的樣子
比況	ようだ	→	買うようだ	看到…，經過判斷後覺得好像要買
很有…的樣子	らしい	→		
推定	らしい	→	買うらしい	聽某人說…，間接判斷或猜測好像要買
前後關係	て / で	→	買って	買了之後，…
原因理由	て / で	→	買って	因為買
同時	ながら	→	買いながら	做…，順便一邊買
假定	ば	→	買えば	如果買的話

【第二類動詞】：接續 18 種字尾變化的原則

見る（み）   灰底：表示無此接續

字尾變化			接續結果	
斷定	だ	→		
斷定（過去式）	だった	→		
斷定	です	→		
斷定（過去式）	でした	→		
禮儀	ます	→	見ます	看
禮儀（過去式）	ました	→	見ました	看了
否定	ない	→	見ない	不看
否定（過去式）	なかった	→	見なかった	之前不看
過去	た	→	見た	看了
希望	たい	→	見たい	想要看
可能	れる / られる	→	見（ら）れる	可以看
被動	れる / られる	→	見られる	被看
使役	せる / させる	→	見させる	要求某人看
傳聞	そうだ	→	見るそうだ	聽說要看
樣態	そうだ	→	見そうだ	看起來好像要看的樣子
比況	ようだ	→	見るようだ	看到…，經過判斷後覺得好像要看
很有…的樣子	らしい	→		
推定	らしい	→	見るらしい	聽某人說…，間接判斷或猜測好像要看
前後關係	て / で	→	見て	看了之後，…
原因理由	て / で	→	見て	因為看
同時	ながら	→	見ながら	做…，順便一邊看
假定	ば	→	見れば	如果看的話

248

【第三類動詞】：接續 18 種字尾變化的原則

来る（く） 灰底：表示無此接續

字尾變化			接續結果	
斷定	だ	→		
斷定（過去式）	だった	→		
斷定	です	→		
斷定（過去式）	でした	→		
禮儀	ます	→	来（き）ます	來
禮儀（過去式）	ました	→	来（き）ました	來了
否定	ない	→	来（こ）ない	不來
否定（過去式）	なかった	→	来（こ）なかった	之前不來
過去	た	→	来（き）た	來了
希望	たい	→	来（き）たい	想要來
可能	れる / られる	→	来（こ）（ら）れる	可以來
被動	れる / られる	→	来（こ）られる	被來
使役	せる / させる	→	来（こ）させる	要求某人來
傳聞	そうだ	→	来（く）るそうだ	聽說要來
樣態	そうだ	→	来（き）そうだ	看起來好像要來的樣子
比況	ようだ	→	来（く）るようだ	看到…，經過判斷後覺得好像要來
很有…的樣子	らしい	→		
推定	らしい	→	来（く）るらしい	聽某人說…，間接判斷或猜測好像要來
前後關係	て / で	→	来（き）て	來了之後，…
原因理由	て / で	→	来（き）て	因為來
同時	ながら	→	来（き）ながら	做…，順便一邊來
假定	ば	→	来（く）れば	如果來的話

【第三類動詞】：接續 18 種字尾變化的原則

する、～する　　灰底：表示無此接續

字尾變化			接續結果	
斷定	だ	→		
斷定（過去式）	だった	→		
斷定	です	→		
斷定（過去式）	でした	→		
禮儀	ます	→	します	做
禮儀（過去式）	ました	→	しました	做了
否定	ない	→	しない	不做
否定（過去式）	なかった	→	しなかった	之前不做
過去	た	→	した	做了
希望	たい	→	したい	想要做
可能	れる / られる	→	できる	可以做
被動	れる / られる	→	される	被做
使役	せる / させる	→	させる	要求某人做
傳聞	そうだ	→	するそうだ	聽說要做
樣態	そうだ	→	しそうだ	看起來好像要做的樣子
比況	ようだ	→	するようだ	看到…，經過判斷後覺得好像要做
很有…的樣子	らしい	→		
推定	らしい	→	するらしい	聽某人說…，間接判斷或猜測好像要做
前後關係	て / で	→	して	做了之後，…
原因理由	て / で	→	して	因為做
同時	ながら	→	しながら	做…，順便一邊做
假定	ば	→	すれば	如果做的話

檸檬樹

赤系列 36

全圖解！日語字尾變化最佳用法：
奠定文法基礎必學的 18 種基本「字尾」與「音便」
（附東京音朗讀 QR 碼線上音檔）

初版1刷　2024年7月4日

作者	福長浩二・檸檬樹日語教學團隊
封面設計	陳文德
版型設計	洪素貞
責任主編	黃冠禎
社長・總編輯	何聖心
發行人	江媛珍
出版發行	檸檬樹國際書版有限公司
	lemontree@treebooks.com.tw
	電話：02-29271121　傳真：02-29272336
	地址：新北市235中和區中安街80號3樓
法律顧問	第一國際法律事務所 余淑杏律師
	北辰著作權事務所 蕭雄淋律師
全球總經銷	知遠文化事業有限公司
	電話：02-26648800　傳真：02-26648801
	地址：新北市222深坑區北深路三段155巷25號5樓
港澳地區經銷	和平圖書有限公司
	電話：852-28046687　傳真：850-28046409
	地址：香港柴灣嘉業街12號百樂門大廈17樓
定價	台幣399元／港幣133元
劃撥帳號	戶名：19726702・檸檬樹國際書版有限公司
	・單次購書金額未達400元，請另付60元郵資
	・ATM・劃撥購書需7-10個工作天

全圖解!日語字尾變化最佳用法 / 福長浩二, 檸檬樹日語教學團隊作. -- 初版. -- 新北市：檸檬樹國際書版有限公司, 2024.06

面；　公分. -- (赤系列 ; 36)
ISBN 978-626-98008-0-3(平裝)

1.CST: 日語 2.CST: 語法

803.16　　　　　　　　　　113006236

檸檬樹

檸檬樹